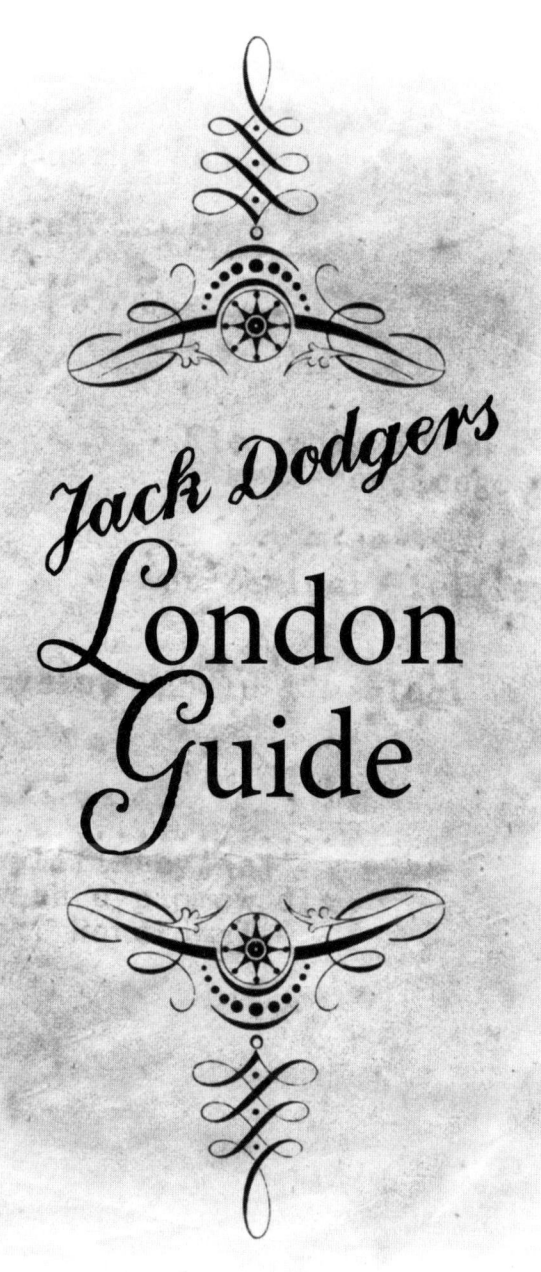

Jack Dodgers London Guide

Terry Pratchett

Dick und dünn: Ein Leitfaden für die unterirdische Kanalisation
von Col. H. Fawcett

✳

Spaß in der Gosse: Spiele und Zeitvertreib für arme Kinder
von Mrs. Emily Button

✳

Erwerbschancen für die »Unter Fünf«
*von Hochwürden Amos Smallpiece, Vorsitzender
der Whitechapel Armenkasse*

✳

Ein Haufen in der Hand: Aus dem Leben eines Toshers
von »Blöder« George

✳

Ein langer Fall für kleine Hälse: Warnende Geschichten für Kinder
von Mr. Jeremiah Bloat, früher Oberster Henker von Rochester Gaol

✳

Faustregeln für Elendsviertel
von »Ein guter Kumpel«

✳

Aufsteigende Feuchte: Lebensbedingungen in Seven Dials
von Lady Eudora Bloombe

✳

Mit einer toten Gans im Schornstein:
Erinnerungen eines Schornsteinfegers im Ruhestand
von Mr. Thaddeus Plant

Terry Pratchett

PRÄSENTIERT

Jack Dodgers

London Guide

(mit besonderem Augenmerk auf die Schattenseiten …)
Auf der Grundlage handschriftlicher Notizen von Jack Dodger höchstpersönlich

Aus der Welt des SPIEGEL-Bestsellers *Dunkle Halunken*

Aus dem Englischen von Andreas Brandhorst

Piper München Zürich

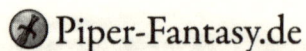

MIX
Papier aus verantwor-
tungsvollen Quellen
FSC® C083411
www.fsc.org

ISBN 978-3-492-70331-4
© 2013 Terry and Lyn Pratchett
Titel der englischem Originalausgabe:
»Dodger's Guide to London«, Doubleday Childrens/Random UK, London 2013.
Illustrationen: © Paul Kidby, 2012, 2013
Published by arrangement with Random House Children's Publishers UK,
a division of The Random House Group limited
© der deutschsprachigen Ausgabe:
2014 Piper Verlag GmbH, München
Umschlaggestaltung: Zero Werbeagentur, München
Umschlagabbildung: Katarzyna Oleska/www.katarzynaoleska.com
Satz: Tobias Wantzen, Bremen
Druck und Bindung: CPI books GmbH, Leck
Printed in Germany

Inhalt

Ladies and Gentlemen – so haben Sie London noch nie gesehen! Treten Sie näher und lassen Sie sich verzaubern, wenn Ihnen Jack Dodger, der Held aus Terry Pratchetts Roman »Dunkle Halunken«, die dunkelsten Spelunken und prominentesten Plätze seiner Heimatstadt zeigt. Als gewiefter Straßenjunge versorgt Sie Jack nicht nur mit interessanten Fakten über das London des 19. Jahrhunderts, sondern geizt auch nicht mit praktischen Tipps und allerlei Lebensweisheiten über die Metropole und ihre Bewohner. Von historischen Ereignissen wie dem Großen Gestank von 1858 über Klatsch und Tratsch aus dem Königshaus bis hin zu Wissenswertem über die Unterwäsche der viktorianischen Damenwelt weiß Jack bestens zu berichten – ein Muss für jeden Pratchett- und London-Fan!

Terry Pratchett, geboren 1948 in Beaconsfield, England, erfand in den Achtzigerjahren eine ungemein flache Welt, die auf dem Rücken von vier Elefanten und einer Riesenschildkröte ruht, und hatte damit einen schier unglaublichen Erfolg: Ein Prozent aller in Großbritannien verkauften Bücher sind Scheibenweltromane. Jeder achte Deutsche besitzt ein Pratchett-Buch. Terry Pratchett erhielt zahlreiche Auszeichnungen, darunter den »World Fantasy Lifetime Achievement Award« 2010. Weiteres zum Autor unter:

www.terrypratchettbooks.com

Von Terry Pratchett liegen bei Piper vor:

In den 40er-Jahren des 19. Jahrhunderts, zur Zeit von Victoria und Albert, stieg ein junger Niemand namens Dodger (der so hieß, weil er Schwierigkeiten zu meiden wusste*) aus der Kanalisation und wurde zu einem Helden von London. Seine Notizen in Bezug auf das London, das er so gut kannte – von den ärmsten Straßen und Gassen, deren Schmutz er als Schmuddelkind wie eine zweite Haut trug, bis hin zu den obersten Etagen der Macht, wo er mit den Mächtigsten verkehrte –, bilden die Grundlage dieses Leitfadens und Reiseführers.

Henry Mayhews monumentales Werk *Die Armen von London* vermittelt dem Leser einen tiefen Einblick in das damalige Leben. Aber für alle jene, die wie Twain oder Disraeli glauben, dass es »Lügen gibt, verdammte Lügen und Statistiken«, erwecken Dodgers erhellende Notizen das London von Charles Dickens anschaulich zum Leben. Sie zeigen alles, von den Düngewagen bei ihren nächtlichen Runden durch die Straßen, wo sie die goldene Ernte† einholen, bis hin zu den Elendsvierteln am Hafen, wo ahnungslose Besucher im Handumdrehen alles verlieren konnten, was sie am Leib trugen, beim unbeabsichtigten nächtlichen Schwimmen im Fluss manchmal sogar ihr Leben.

Ich habe mir erlaubt, Dodgers Notizen für den modernen Leser auf den neuesten Stand zu bringen und sie um einige zusätzliche Punkte zu erweitern, mit dem Blickwinkel eines Beobachters, der dieses kleine Buch 160 Jahre nach Mister Dodgers ursprünglichen Beobachtungen zusammenstellt.

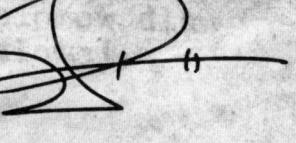

Terry Pratchett
Salisbury, UK
2013

---

* to dodge: ausweichen, zur Seite springen

† Pisse

——— ❧ Über Sir Jack Dodger* ❧ ———

Der in Armut geborene und in einem Waisenhaus aufgewachsene Dodger war ein Tosher, der die Kanalisation durchstreifte und bewies, dass Geld doch stinken kann, sich aber reinigen lässt. Mit seinen Heldentaten – unter anderem sorgte er dafür, den berüchtigten Sweeney Todd hinter Schloss und Riegel zu bringen – brachte er es zu Ruhm und wurde für seine Verdienste um das Land von der Königin zum Ritter geschlagen. Als »die richtige Art von Tunichtgut«, um für die Regierung zu arbeiten, amüsierte er sich prächtig, indem er überall auf der Welt das Gesetz brach (obwohl man genau genommen das Gesetz offenbar nicht bricht, wenn es jenen dient, die die Gesetze schaffen) und gut dafür bezahlt wurde.

---

* Dodger ist natürlich eine erfundene Figur, ebenso wie einige der Menschen, denen er begegnet, unter ihnen Solomon, Miss Simplicity und sogar Mister Sweeney Todd. Aber die Welt, in der er lebte, existierte tatsächlich. Als Kind seiner Zeit zeigt uns Dodger das viktorianische London in seiner ganzen Pracht – und mit viel Dreck.

—— ❧ Ein Hinweis von Jack Dodger ❧ ——

Als Kind glaubte ich, jeden schmutzigen Winkel von London zu kennen, alle sicheren und unsicheren Ecken. Jeder Niemand war mir bekannt, und meine Welt bestand aus einer einzigen Quadratmeile. Insbesondere die Tunnel unter den Straßen, wo ich so manche glückliche Stunde damit verbrachte, durch Schlamm und andere Substanzen zu stapfen.

Ich stamme aus London, und die Straßen, in denen man aufgewachsen ist, vergisst man nicht so leicht. Sie haben mich zu dem Mann gemacht, der ich heute bin, zu einem Mann, der zufrieden ist, ein Gentleman und Tosher zu sein (obwohl es diesbezüglich offen gesagt manchmal keinen großen Unterschied gibt).

Und so, zu Ihrer Unterhaltung, habe ich mir erlaubt, einige Anmerkungen zu London niederzuschreiben. Es ist ein London, das Sie vielleicht noch gar nicht kennen. Ich schildere Ihnen nicht nur Glanz und Glorie der Stadt, sondern auch die Metropole der Straßenleute, Waisen und kleinen Zündholzmädchen, die Stadt der Schurken und Halunken an jeder Ecke. In dieser anderen Stadt muss man nicht nur Augen im Hinterkopf haben, sondern am besten auch noch im Allerwertesten.

Ich hoffe, Sie finden mein kleines Buch unterhaltsam und lehrreich. Es wird Ihnen helfen, Brieftasche und/oder Stiefel zu behalten, sollten Sie sich irgendwann einmal in die Hafenviertel wagen.

Jack Dodger

Jack Dodger,
London
1872

MONETEN UND JARGON

Bevor wir uns Dodgers London zuwenden, weisen wir hier auf einiges Grundsätzliche hin, ohne welches das Leben sehr verwirrend werden könnte.

❧ Moneten ❧

Gemeint ist Geld, klar. Für einen im Dreck wühlenden Tosher kam eine Silberkrone (Silver Crown) fast einem Wochenlohn gleich, obwohl er sie nicht »Crown«, sondern *Bull* genannt hätte. Die in London verwendeten Begriffe für die damalige Währung haben Besucher oft verwirrt. Hier werden einige der Münzen aus jener Zeit aufgeführt:

£ 1 = 1 Sovereign = 20 Silver Shillings (Silberschillinge) (20s)
1 *Guinea* (Guinee) = £ 1 1s
1 *Shilling* = 12 Pennies (Pence) (12d); 240d sind 1 Pfund
5 *Shillings* = 1 Crown (Krone), auch *Bull* genannt
2s 6d = eine halbe Krone, auch *Half-Bull* genannt
6d (*Six Pence*) = auch *Tanner* oder *Sprat* genannt
1 *Farthing* (Viertelpenny) = ¼ Penny

»Was Sprats betrifft, nennen wir sie immer Gottes Segen für die Armen.«
— Straßenhändlerin zu Mister Henry Mayhew, *Die Armen von London*

»Jährliches Einkommen: zwanzig Pfund. Jährliche Ausgaben: neunzehn Pfund, neunzehn Schillinge sechs Pence. Resultat: Wohlergehen. Jährliches Einkommen: zwanzig Pfund, jährliche Ausgaben: zwanzig Pfund sechs Pence. Resultat: Elend.« — Mister Micawber, im Roman *David Copperfield* von Charles Dickens (1850)

Und nun einige Beispiele der Umgangssprache in den Straßen von Dodgers London:*

Barker: eine Waffe (Knarre)

Beak: Richter (Paragrafenscheißer)

Blag: stehlen oder stibitzen, meistens per Schaufenstereinbruch (flözen, fladern)

Blow up: schimpfen (anpampen)

Bluebottle: ein Polizist (Bulle)

Boat, get the (boated): eine Verurteilung dazu, außer Landes gebracht zu werden; oder ein sehr strenges Urteil durch einen Richter

Brass: Geld (Knete)

Bruiser: ein Boxer

Buck cabbie: ein unehrlicher Taxifahrer

Butcher's, take a: einen Blick werfen auf

Buzzing: stehlen, Taschendiebstahl (klauen)

Candle to the devil, to hold a: böse sein

Cant: ein Geschenk

Chink: Geld (Knete, Kohle, Zaster)

Chiv, Shiv: ein Messer, Rasiermesser oder zugespitzter Stock

Choker: ein Geistlicher oder ein Halsband

Clink: ein Gefängnis (Kittchen)

Cocker: ein Kumpel, Freund (Kuffnugge, Oberhomie, Bubba)

Coopered: abgenutzt, nicht mehr zu gebrauchen (ausgeschlaucht)

Costers: Leute, die im Gemüsehandel arbeiten, Obst und Gemüse in Buden oder von Karren verkaufen

Cove: ein Mann (Typ)

Crab, to: jemanden verraten (verpfeifen, verpetzen)

Crabshells: Schuhe (Treter, Knobelbecher)

Crib: Unterkunft (Bude, Butze)

Dipper: ein Taschendieb (Langfinger)

Dollymop: eine Prostituierte, oft nur nebenberuflich, oder ein Dienstmädchen, das sich nebenbei unanständiges Geld verdient

Fence: jemand, der Gestohlenes verkauft (Hehler)

Flam: eine Lüge (Blödfön, Dummschwätzer)

Flash-house: ein relativ sicherer Treffpunkt für Verbrecher. Dort gibt es Bier und leichte Mädchen; wird oft von Hehlern benutzt. (Unterschlupf)

Flimflammer: ein Betrüger, jemand, der andere Leute täuscht oder hereinlegt (Absahner)

Fluefaker: ein Schornsteinfeger

Flying the blue pigeon: Bleidach stehlen

Growler: eine Kutsche mit vier Rädern

Half inch: stehlen, klauen

Hammered for life: verheiratet (unter der Haube, auf ewig gefesselt)

Holywater sprinkler: eine Keule mit Nägeln

Jerryshop: ein Pfandleiher

Judy: eine Frau; oft ist eine Prostituierte gemeint (Nutte)

Lobcock: Zipfel (Pimmel, Schwanz)

London particular: dichter Londoner Nebel (Waschküche)

Lump Hotel: Armenhaus

Moniker: Unterschrift oder Name

Mot: eine Frau, insbesondere wenn sie eine Herberge oder eine Gaststätte leitet

Nibbed: verhaftet (gekascht, eingebuchtet)

Nipper: ein Kind (Balg)

Nobble: schwere Verletzungen zufügen (in die Mangel nehmen)

Nose: ein Informant oder Spion (Schnüffler)

On the fly: sich schnell bewegen (huschen)

Peeler: ein Polizist (Bulle, Knüppelknutscher, Staatskasper)

Penny gaff: ein billiges Theater

Piccadilly weepers: ein Backenbart (Gesichtshecke)

Raws: die bloßen Fäuste

Rookery: Slum, Getto oder Elendsviertel

Screever: ein Urkundenfälscher oder zwielichtiger Anwalt (falscher Fuffziger)

Snakesman: ein dünner Bursche, der durch kleine Öffnungen in ein Haus einbrechen kann

Snuff, up to: vernünftig; ein Typ, mit dem man Geschäfte machen kann

Specie: Geld (Moneten)

Spouts: Reden (Gelaber)

Stumps up: bezahlt (geblecht)

Tea leaf: ein Dieb (Klauer)

Ticker: eine Uhr (Zeiteisen)

Titfer: ein Hut (Jubelpfanne)

Toff: ein schick gekleideter Gentleman (aufgebrezelter feiner Pinkel)

Toolers: Taschendiebe (Langfinger)

Topping: eine Hinrichtung am Galgen (Licht ausblasen, Hals knicken)

Trotter cases: Stiefel (Knobelbecher)

Whistle: ein Anzug (-träger, z. B.: Nadelstreifler)

* in Klammern vergleichbare deutsche Ausdrücke

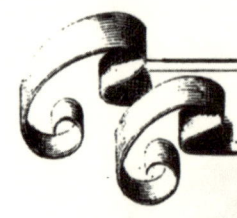

DIE CREME DER HAUPTSTADT

Beginnen wir mit einem Bestiarium (weil sie sich für die Besten halten) der adligsten Adligen in London. Ich hatte einmal das Glück, dem Königspaar zu begegnen, und bei jener Gelegenheit erschien mir Königin Victoria als ziemlich schöne Frau, obwohl natürlich sehr aristomäßig. Und Prinz Albert hatte den … besonderen Händedruck, den Solomon zu kennen schien. – Jack Dodger

❧ Königin Victoria und Prinz Albert ❧

Das oberste Paar der ganzen Welt – oder fast. Das britische Weltreich schien damals die ganze Erde zu umfassen. Es war so groß, dass den Kartenzeichnern vermutlich die roten Buntstifte ausgingen.

HABEN SIE'S GEWUSST?

➤ Victoria war erst 18, als sie im Jahr 1837 Königin wurde. Sie trug nur ihren Morgenrock, als ihr der Erzbischof von Canterbury und Lord Conyngham die Nachricht überbrachten. Ihre Herrschaft dauerte fast 64 Jahre. Es gab keine anderen britischen Könige oder Königinnen, die so lange regierten wie sie, und es war die längste Regierungszeit einer Frau in der bekannten Geschichte.

➤ Als Kind lautete ihr Spitzname »Drina«, eine Kurzform ihres Taufnamens Alexandrina Victoria.

➤ Sie war nur 1,52 Meter groß.

- 1837 heiratete sie ihren deutschen Cousin Albert. Sie hatten 9 Kinder, 40 Enkel und 37 Urenkel – obwohl die Königin nicht gern schwanger war und Neugeborene für hässlich hielt.
- Victoria fand das Stillen so abscheulich, dass sie eine Milchkuh nach ihrer Tochter Alice benannte, als die ihr eigenes Kind säugte.
- Zwischen 1840 und 1882 gab es sieben Mordanschläge auf Victoria.
- 1876 wurde sie zur Kaiserin von Indien gekrönt.

"NEW CROWNS FOR OLD ONES!"
(ALADDIN adapted.)

Peinlichkeiten bei der Krönung

* Bei der Krönung *rollte* der 82-jährige Lord Rolle (Nomen est omen!) die Treppe hinunter, als er der neuen Königin huldigen wollte.
* Der Erzbischof von Canterbury setzte ihr den Ring auf den falschen Finger.

Ein kleines schwarzes Kleid?

Nach dem Tod ihres Mannes (im Alter von nur 42 Jahren) trug Victoria ausschließlich Schwarz. Die meisten viktorianischen Witwen trugen zwei Jahre Schwarz und gingen dann zum »halben Trauern« über, was bedeutete, dass sie schwarze Kleidung *und* beliebig viele Grauschattierungen tragen durften. Victoria trug *vierzig Jahre* lang Schwarz.

22:50 Uhr

Um diese Uhrzeit starb Albert im Jahr 1861, und alle Uhren in seinem Zimmer wurden angehalten. Doch das genügte Victoria nicht. Sie wies Alberts Kammerdiener an, sich so zu verhalten, als würde der Prinz noch leben. Jeden Tag musste er Seife, Handtücher und heißes Wasser in Alberts Zimmer bringen und ihm Kleidung zurechtlegen.

Prinz Albert

Traurigerweise ist Prinz Albert trotz seiner vielen Verdienste vor allem wegen einer Eigenart in Erinnerung geblieben: wegen eines Piercings in einem sehr privaten Teil seiner Anatomie. Er war, soweit bekannt, der erste Prinz mit einem Ring im Intimbereich.

Albert war ein großer Unterstützer von Industrie und Kunst, und eine seiner größten Leistungen auf diesem Gebiet war die wundervolle »Great Exhibition« bzw. »Crystal Palace Exhibition«, die Londoner Industrieausstellung von 1851. Tausende von Ausstellungsstücken wurden gezeigt, vom damals größten Diamanten der Welt bis zum »Sturmvorhersager«, einem Barometer, das Blutegel verwendete.

HABEN SIE'S GEWUSST?

Der Bau des Crystal Palace, des Kristallpalastes, dauerte nur 35 Wochen. Für St. Paul's Cathedral waren 35 Jahre nötig.

Die Beine zusammenkneifen ... 827 000 stehen Schlange vor den Toiletten!

Aufs Klo zu gehen bedeutete gewöhnlich, einen Blick auf das Essen von gestern zu werfen. Daher grenzte eine Toilette, die mehr war als ein Brett mit einem Loch und einem Eimer darunter, an ein Wunder. Und noch wundervoller war ... ein Spülklosett! Nur die aristokratischsten Aristos in London hatten eins, aber bei der Londoner Industrieausstellung von 1851 gingen bis zu 11 000 gewöhnliche Leute *pro Tag* auf die Toilette und zogen nach ihrem dortigen Geschäft an einer Kette mit einem kleinen Porzellanknauf.

Die Kette wartete darauf, gezogen zu werden, nicht wahr? Aber warum? Um anderen Menschen mitzuteilen, dass man fertig war? Läutete sie vielleicht eine Glocke, damit niemand kam und einen störte?

Buckingham Palace

Der Palast wurde auf einem Stück Land errichtet, auf dem König Jakob I. (1623–1625) einen Maulbeergarten anlegen wollte, um Seidenraupen zu züchten. Zum Pech für die feinen Leute, die sich Seide für ihre Unterwäsche wünschten, wählte Jakob den falschen Maulbeerbaum, und das Projekt scheiterte. (Allerdings erfüllten die Maulbeerbäume dennoch einen guten Zweck, denn der Park wurde später als ein Ort von Ausschweifungen bekannt.)

HABEN SIE'S GEWUSST?

- Victoria war die erste Monarchin, die im Buckingham Palace wohnte. Aber als Dodger und andere Straßenkinder das prächtige Gebäude bestaunten, ahnten sie nicht: Die Kamine zogen so schlecht, dass es im Innern des Gebäudes eiskalt war.
- Heute hat der Buckingham Palace 775 Räume, darunter 19 Prunkzimmer, 52 königliche und Gästeschlafzimmer, 188 Schlafzimmer für Bedienstete, 92 Arbeitszimmer – und 78 Badezimmer.

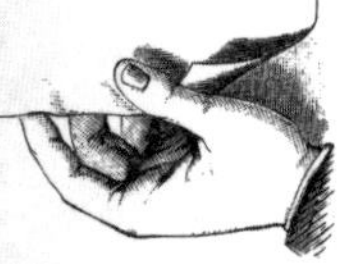

In-I-go Jones

Ein Apotheken-Botenjunge namens Jones wurde 1841 mehrmals dabei erwischt, wie er sich in den Palast schlich, nicht um Ihrer Majestät etwas zuleide zu tun, sondern um sich in der Nähe ihres Schlafgemachs[*] unter einem Sofa zu verstecken. In einem witzigen Kommentar schrieb Lady Sandwich, der kleine Schlingel müsse ein Nachkomme des Architekten In-I-go[†] sein.

Dodger vermutete, dass der Bursche einen guten Snakesman abgegeben hätte …

* Einmal, so heißt es, fand die Polizei Unterwäsche der Königin in seinen Hosentaschen.

† Gemeint ist Inigo Jones, der als erster bedeutender englischer Architekt des Klassizismus gilt. In-I-go bedeutet so viel wie »Ich gehe hinein«.

Lady Angela Burdett-Coutts (1814–1906)

Mehr Moneten als sonst jemand auf der Welt – und sie gibt viel davon weg!

Lady Angela Burdett-Coutts war eine höchst ungewöhnliche und mächtige Frau in einer Zeit, als Frauen nicht einmal das Wahlrecht besaßen. Schon früh erbte sie das Vermögen ihres Großvaters, etwa drei Millionen Pfund*, und erstaunlicherweise gab sie viel davon weg. Natürlich verfügte sie über jede Menge Geld, aber ihre Freigiebigkeit war trotzdem erstaunlich.

HABEN SIE'S GEWUSST?

➤ Lady Angela finanzierte die »Lumpenschulen«, die armen Kindern zu Bildung verhalfen und ihnen die Möglichkeit geben sollten, den Kopf aus dem Nebel der Elendsviertel zu strecken (aus einem Nebel, der oft so dicht und schwarz war, dass man ihn nicht nur schmeckte, sondern mit Messer und Gabel schneiden, den Ruß nehmen und ins Feuer werfen konnte).

➤ Als wahre Tierfreundin wurde Lady Angela Präsidentin der British Beekeepers' Association (Britische Bienenzüchtergesellschaft), richtete Trinkbrunnen für Hunde ein und arbeitete mit dem Tierschutzverein zusammen.

➤ Einmal machte sie dem Duke von Wellington einen Heiratsantrag, doch der Herzog lehnte ab – der Eiserne Herzog war durchaus bereit, es mit Napoleon aufzunehmen, aber Lady Angela hielt er offenbar für eine Schlacht, die er nicht gewinnen konnte.

➤ Sie heiratete schließlich im Alter von 67 Jahren, und zwar ihren 29 Jahre jungen Sekretär.

---

* Das ist enorm viel Geld, heute etwa 130 000 000 £. Jede Menge Moneten!

⸺❧ Die Lumpenschulen ❧⸺

Ich kann „Bier", „Gin" und „Ale" lesen. Is doch sinnlos, sich den Kopf mit unbrauchbarem Kram zu füllen, finde ich.

* Man brauchte keine Lumpen zu tragen, um eine Lumpenschule zu besuchen, aber die meisten Kinder hatten nichts anderes. Viele von ihnen besaßen nicht einmal Schuhe!
* Charlie Dickens stellte einer Schule einen Wassertrog zur Verfügung, »damit sich die Jungen waschen können«.
* Die Klassenzimmer konnten sich überall befinden: in alten Ställen, auf Dachböden oder unter Bahnüberführungen.
* Der Unterricht konzentrierte sich auf die drei R: *reading, 'riting* und *'rithmetic* (Lesen, Schreiben, Rechnen). Hinzu kam eine gehörige Portion Bibelstudium, damit die Kinder die Namen der Apostel nennen konnten, auch wenn sie nichts zu essen hatten. (Im Gegensatz zu Dodger, der Charlie Dickens keinen Apostel nennen konnte, es aber gut verstand, sich eine Mahlzeit zu beschaffen.)

Ein warmes Feuer und ein bisschen Lernen

In *Die Armen von London* schilderte ein junger Schlammkriecher von damals, wie andere Jungen sein Interesse an der Schule weckten: »Sie erzählten mir, dass sie viel lachten und den Lehrer verulkten. Dass sie das Gas ausmachten und mit ihren Tafeln schmissen. Sie erzählten auch von einem guten Feuer, und so bin ich hingegangen, um mich ein bisschen aufzuwärmen.«

⚜ Benjamin Disraeli (1804–1881) ⚜

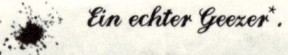
Ein echter Geezer*.

HABEN SIE'S GEWUSST?

➤ Disraeli war Großbritanniens erster und bisher einziger jüdischer Premierminister (erste Amtszeit 1868, die zweite von 1874–1880).

➤ Der redegewandte konservative Politiker beschrieb seinen Erfolg so: »Ich bin an einer eingefetteten Stange nach oben geklettert.«

➤ Sein politischer Rivale Gladstone hat einmal zu ihm gesagt: »Sir, Sie werden vermutlich am Galgen oder an einer üblen Krankheit sterben.« Worauf Disraeli erwiderte: »Sir, das hängt davon ab, ob ich mich auf Ihre Ideen oder mit Ihrer Frau einlasse.«

Solomons Weisheit: »An deiner Stelle dächte ich nicht zu viel an Politik, das könnte dich krank machen.«

Eine Nation, die zwei Flaschen Brandy braucht?

1872, bei einer wichtigen Rede, sprach Disraeli von einem zwischen Reichen und Armen geteilten Land. Er prägte den Begriff »eine Nation« in seiner Hoffnung auf eine bessere Zukunft. Es war eine lange Rede – und offenbar trank Disraeli dabei zwei Flaschen Brandy! Also muss er ziemlich hinüber gewesen sein, als er seinen langen Aufruf zum Kampf gegen die Armut beendete ...

---

* Geezer: Herr, aber auch: alter Knacker oder nobler Knacker

Dieses Gebäude war nicht viel anders als eins der überfüllten Miets-
häuser: größer, wärmer und annehmlicher eingerichtet, die Menschen darin eindeutig besser ernährt, den dicken Bäuchen und roten
Nasen nach zu urteilen, doch es war nur eine weitere Straße voller
Leute, die um die besten Plätze rangen, nach Macht und einem besseren Leben strebten, wenn nicht für alle, so zumindest für sie selbst.

HABEN SIE'S GEWUSST?

Das Parlamentsgebäude gilt als königlicher Palast, deshalb ist es verboten, dort zu
sterben. Wer es trotzdem tut, hat Anspruch auf ein Staatsbegräbnis.

Remember, remember ... nein, nicht den 5. November, sondern den 16. Oktober

Guy Fawkes hat es nicht geschafft (obwohl Dodger einmal gehört hat, wie jemand sagte:
»Niemand ging je mit besseren Absichten zum Parlament.«), aber als im Jahr 1834 einige
Arbeiter 11 Stunden lang Kerbhölzer in einen Ofen warfen ... brachten sie es fertig, Unter-
und Oberhaus abzufackeln.

Ein gefährliches Laster

Im 17. Jahrhundert war das Rauchen im britischen Unterhaus verboten – angeblich damit
niemand das Gebäude in Brand stecken konnte. Als Alternative wurde Schnupftabak
angeboten. Noch heute steht an der Tür des Unterhauses eine volle Schnupftabakdose
bereit.

Wenn die Zunge mächtiger ist als das Schwert

Politiker tragen ihre Kämpfe bei Debatten aus. Aber für den Fall, dass jemand auf dumme
Gedanken kommt: Zwei rote Linien auf dem Boden des Unterhauses sind offenbar nur
gut zwei Schwertlängen voneinander entfernt.

Solomons Weisheit: »Die Lords und gewählten Abgeordneten bespre-
chen die Tagesangelegenheiten natürlich im Parlament, aber ich ver-
mute stark, dass die Ergebnisse viel damit zu tun haben, worüber bei
einem Drink gesprochen wird.«

ASPIDISTRA-LAND

*Hier stelle ich Sie der Mittelschicht vor, draußen in den Vororten,
so weit draußen wie z. B. Chelsea, wo sich Ihnen die Gerüche des Flusses
um den Kopf schlingen und in jede Hauptpore und jede Falte der
Unterwäsche kriechen. Was aber ganz in Ordnung ist, bedeutet es doch,
dass die Häuser dort für die Aufstrebenden erschwinglich sind.*

Die Angehörigen der Mittelschicht fühlten sich den gewöhnlichen Arbeitern weit über-
legen und gaben sich alle Mühe, wie Leute der Oberschicht und des Adels auszusehen –
oft stellten sie vorn eine Topfpflanze ins Fenster, eine Aspidistra (Schusterpalme). Der
allgemeine Eindruck mochte auf Wohlstand hindeuten, aber Dodger und seine Snakes-
men-Freunde wussten, dass diese Häuser oft ein falsches Bild vermittelten, wie bei einer
Liebesdienerin, die gut geschminkt und in einen Samtmantel gehüllt himmlische Freu-
den in Aussicht stellt, deren Körper aber so weit den Bach runter ist, dass er bereits das
Meer erreicht hat.

Zu fein fürs Kochen und Saubermachen

Zwar mussten die meisten Angehörigen des Mittelstands mit ihrem Geld vorsichtig um-
gehen, aber in ihrem knappen Budget konnte keineswegs auf 10 £ im Jahr für eine Haus-
angestellte verzichtet werden. Jeder viktorianische Mittelstandshaushalt, der etwas auf
sich hielt, leistete sich mindestens eine Person, die kochte und alle die kleinen überaus
notwendigen Ziergegenstände abstaubte.

Dodger war darauf spezia-
lisiert, hübsche Gegenstände
zu bemerken, insbesondere
jene von gewissem Wert, die
er geschwind in die Tasche
stecken und anschließend
zu Geld machen konnte. Aber welchen
Sinn hatten sie? Sollten sie darauf hinweisen, dass man sie sich leisten konnte?
Wie viel besser fühlte man sich dadurch?
Wurde man damit glücklicher?

—— ✦ Mister Henry Mayhew (1812–1887) ✦ ——

Mayhew war ein Freund von Charlie Dickens und erkannte, dass Londons Arme mehr brauchten als nur gelegentliche Suppenküchen. Er widmete sein Leben der Aufgabe, die Lebensbedingungen derjenigen zu untersuchen, die auf der Schattenseite der reichsten und mächtigsten Stadt der Welt lebten.

HABEN SIE'S GEWUSST?

- Henry kannte sich mit großen Familien aus – er war eins von 17 Kindern.
- Als ihn der Direktor der Westminster School mit der Peitsche züchtigen wollte, machte sich Henry auf und davon. Der Direktor hieß Dr. Goodenough*. Gut genug für wen?, fragt man sich.
- Er war Herausgeber der ersten Ausgaben des Satiremagazins *Punch* und später »Chefberater«.

—— ✦ Die Armen von London ✦ ——

Mayhew ging durch die Straßen von London und sprach mit allen, denen er begegnete: mit den kleinen Mädchen, die Veilchen verkauften, oder mit den scharfzüngigen Gemüseverkäufern auf ihren Karren. Er hinterließ ein großes, beeindruckendes Dokument voller Fakten und Statistiken, die erstaunlich detailliert das tägliche Leben der Ärmsten von London zeigen.

✱ *Die Armen von London* begann in den 1840er-Jahren als Artikelserie für die Tageszeitung *Morning Chronicle* und erschien dann fortlaufend, bis sich Mayhew mit dem Drucker um Geld stritt. 1851 wurde sein Werk in drei Bänden und 1861 in einem Band veröffentlicht.

✱ Jeder Band hatte etwa 500 Seiten, zweispaltig gedruckt.

* good enough: gut genug

DAS ZARTERE GESCHLECHT?

Ich habe Frauen gesehen, die in den Straßenbuden an der Seite ihrer Männer
arbeiteten, und junge Mädchen, die sich abrackerten, um ihre Familien
vor dem Hungertod zu bewahren. Der Mann ist der Herr – was natürlich völlig
richtig ist –, aber ich habe auch großen Respekt vor den Frauen. Und die
Mädchen, die auf den Kohlekähnen schuften, lassen sich von niemandem etwas sagen.
Manche von ihnen haben Fäuste so groß wie Kohleschaufeln.

»Kein Mann, habe ich gehört, darf Sklave sein. Ich hoffe, meine Herren, das gilt auch für Frauen.« – *Miss Simplicity*

Leider hatte Simplicity nur zum Teil recht. Zwar saß eine Frau auf dem Thron, aber praktisch jede andere Frau im Land musste sich einem Mann fügen. Eine viktorianische Frau war rein rechtlich gesehen gar keine Person, sondern *Besitz,* erst des Vaters und dann des Ehemanns. Und eine Ehefrau wurde zu ihrem Mann zurückgeschickt, wenn sie weggelaufen war, auch wenn sie gute Gründe dafür hatte.

Wenn sich ein Mann scheiden lassen wollte, musste er nur beweisen, dass sich die Ehefrau mit einem anderen Mann eingelassen hatte. Eine Frau, die sich scheiden lassen wollte, musste beweisen, dass ihr Mann sich nicht mit ein bisschen Knutschen und Gefummel begnügt, sondern die ganze Chose durchgezogen hatte, vielleicht auch noch mit den Verwandten und einem kleinen pelzigen Haustier.

Unterwäsche

Wenn adlige Frauen als schwach und hysterisch galten, so lag es vielleicht an ihrer Unterwäsche. In den 1840er-Jahren schleppten Frauen der besten Kreise etwa 40 Pfund Kleidung mit sich, wenn sie den Speiseraum betraten, darunter

* ein Kleid und einen Reifrock (Für Krinolinen verwendete man Fischbeinstäbchen oder ein Metallgerüst für einen weit abstehenden Rock, der allerdings leicht Feuer fangen und die Trägerin verbrennen konnte.),
* eine knielange Chemise (Unterkleid),
* ein Kamisol (Mieder),
* ein halbes Dutzend Unterröcke,
* ein Korsett,
* Unterhosen.

Versuchen Sie mal, damit eine leckere Torte zu essen!

HABEN SIE'S GEWUSST?

➤ Die Krinoline konnte wirklich fatal sein. Es wird berichtet, dass Frauen von Anlegestellen geweht und aufs Meer getragen wurden, wo sie ertranken – wer kann mit einem Stahlkäfig um die Brust schwimmen?

➤ Eng geschnürte Korsetts bargen auch tödliche Gefahren. Trägerinnen solcher Korsetts riskierten Rippenbrüche, wenn sie falsch atmeten.

Viktorianische Schönheitsgeheimnisse

Das im Jahr 1873 veröffentlichte Buch *Schönheit: Was sie ist und wie man sie bewahrt* gab einige sehr nützliche Tipps:

* »Abends sollten die Zähne mit einer sehr weichen Bürste aus Dachshaar gereinigt werden.«
* »Das Wasser für die Reinigung der Haut sollte Regenwasser sein, doch aus dem Londoner Regenwasser müssen Dreck und Ruß herausgefiltert werden.«
* »Das Haar sollte abends wie morgens zwanzig Minuten gebürstet werden.«

In seiner Ecke:

WIE MAN DAS LEBEN DAHEIM
ANGENEHM GESTALTET

✳ Haltet an der Angewohnheit fest, die Zeitung während des ganzen Frühstücks zu lesen. Lasst euch ein halbes Dutzend Mal ansprechen, bevor ihr antwortet, und fragt eure Frau dann, was sie gesagt hat. Gebt nach ihrer Antwort einen Kommentar ab, der damit kaum etwas zu tun hat, als hättet ihr an etwas ganz anderes gedacht.

✳ Bestellt das Abendessen oft für fünf Uhr und kommt dann erst um Viertel vor sechs nach Hause. Kehrt jedoch gelegentlich genau zur richtigen Zeit heim und beklagt euch dann, dass man euch nicht richtig bedient, wenn das Essen nicht fertig ist.

✳ (...) Kurz gesagt, verhaltet euch so, wie es euch gefällt, geht euren Neigungen nach und lebt eure Launen aus, ohne jemals Rücksicht auf die Gefühle eurer Frau zu nehmen. Räumt den Schwächen und Besonderheiten ihres Charakters noch viel weniger Raum ein. Wenn ihr diese Ratschläge befolgt, wird euer Leben daheim so angenehm, wie ihr es verdient.

PUNCH (Januar–Juni 1844)

Und in ihrer Ecke:

DER EHEMANN BIS ZUM NÄCHSTEN MITTWOCH GEZÄHMT

JEDER NACH SEINEN FERTIGKEITEN

Jeder nach seiner Geburt! Und hier biete ich Ihnen einige kleine Anmerkungen in Hinsicht auf die große Masse der Menschen, die sich ihr Brot verdienen – ehrlich oder unehrlich, wenn es sein muss. Denn wenn man nicht gerade im Knast sitzt, muss man irgendwie über die Runden kommen und eine Beschäftigung finden, mit der sich ein wenig Geld machen lässt. Das London, in dem ich aufgewachsen bin, steckt voller Leute, die im Leben irgendwie zurechtkommen müssen mit dem wenigen, das sie zur Verfügung haben – manchmal mit gar nichts. Die Glücklicheren unter ihnen (natürlich vom jeweiligen Beruf abhängig) treten in die Fußstapfen ihres Vaters, selbst wenn sie durch den Rinnstein führen. Wenn Sie mich fragen: Der Verkauf von gebackenen Kartoffeln ist am besten, sehr solide und verlässlich. Ich kenne einen Typen, der das Backen mit seiner Frau erledigte, und ihre Kinder brachten die Kartoffeln dann unter die Leute. Haben damit einen ganz schönen Reibach gemacht. Immer eine gute Sache, die Kartoffel. Hält die Leute auf der Straße die Nacht über warm, insbesondere die knusprigen. Womit ich die Kartoffeln meine, nicht die Leute, die sind meistens gar nicht knusprig.

Solomon Cohen hat Dodger erzählt, dass er einmal einem ziemlich haarigen jungen Mann begegnet ist (einem gewissen Karl Marx), der neue Ideen bezüglich Arbeitern, Unterdrückung, Kapital und Massen hatte. Aber der durchschnittliche Arbeiter wollte davon nichts wissen. Ein Lohn für die Arbeit eines Tages war in Ordnung, auch wenn dieser Tageslohn kaum ausreichte, um einen Mann zu ernähren und mit genug Bier zu versorgen. Unterdrückt? Nein, aber zweifellos in den Dreck gedrückt oder gestoßen, von Pferdehufen, Eseln, Betrunkenen und auch dem gelegentlichen Schwein.

Wäre Dodger nicht von Berufs wegen Tosher und durch Glück Gentleman gewesen, hätte er sich vielleicht für eins der folgenden ehrenwerten Gewerbe interessiert:

Aufwecker

Wenn man nicht sicher sein konnte, womit man seinen Lebensunterhalt am nächsten Tag verdiente – Arbeit konnte auf täglicher Basis angeboten werden –, brauchte man einen Aufwecker. Für 6 Pence die Woche hämmerte dieser an die Tür, bis man den Schlaf endgültig hinter sich ließ. Was den armen Aufwecker betraf … Manchmal musste er jemanden um drei Uhr nachts in einem Teil der Stadt wecken und eine halbe Stunde später jemanden in einem ganz anderen Distrikt, und das bei jedem Wetter – für etwa 9 Schillinge die Woche. Oft bekam er eine kostenlose Haarwäsche, wenn Nachbarn des Mannes, der geweckt werden sollte, ihren Unmut mit einem Eimer Wasser (oder Schlimmerem) Ausdruck verliehen.

Schauerleute

Das Empire wurde auf dem Rücken der Hafenarbeiter errichtet, und wenn von London die Rede ist, darf der berühmte Hafen nicht unerwähnt bleiben: ein Wald aus Segelmasten, daran in der schmutzigen Luft flatternde Flaggen aus aller Herren Ländern. Über große Ladegerüste, manche von ihnen vier Stockwerke hoch, wurden die Schiffe be- und entladen. Tabak, scharf riechende Felle und Hörner, Gewürze und andere Waren aus dem Empire erreichten dort die Stadt. Läden und Buden säumten die Kais, darauf bedacht, Matrosen ihr Geld abzuluchsen. Und zwischen all den Menschen trieben sich die Londoner Dockratten herum – Kinder, die zu allem bereit waren, um sich einen Penny zu verdienen und den Hunger zu besiegen.

HABEN SIE'S GEWUSST?

- Bis zum Ende des neunzehnten Jahrhunderts war der Hafenbereich von Wapping* Sitz des »Execution Dock«, des »Hinrichtungsdocks«: ein Schafott für die Hinrichtung von Piraten und Meuterern. Piraten wurden oft mit einem kurzen Strick gehängt, damit sie langsam starben. Anschließend ließ man ihre Leichen auf dem Dock, bis sie dreimal von der Flut gewaschen waren.
- Zu Dodgers Zeiten waren die Kais und Anlegestellen von Wapping Dock, an denen Schiffe festgemacht werden konnten, zweieinhalb Meilen lang.
- Manchmal lagen bis zu 300 Schiffe an den Kais, und Lagerhäuser enthielten mehr als 200 000 Tonnen Güter.
- Ein Lagerhaus war allein für Tabak bestimmt und nahm bis zu 24 000 Hogsheads Tabak auf! (Ein Hogshead entspricht etwa 1200 Pfund; wir reden hier also von 30 000 Tonnen.)
- Ein Weinkeller war 7 Acre (4047 m^2) groß, und alle Weinkeller zusammen konnten etwa 60 000 Pipes Wein aufnehmen, wobei ein Pipe etwa 478 Liter entspricht.

Eins steht fest, die Londoner mochten Wein und Tabak, und vielleicht auch noch andere Genüsse ...

* Wapping: Distrikt in Ostlondon

*Schon als Zwölfjähriger habe ich gewusst, was „Wo geht's zu den leichten Mädchen?"
in verschiedenen Sprachen hieß, unter ihnen Chinesisch und einige afrikanische
Dialekte. Jede Dockratte war mit diesen Worten vertraut, und die leichten Mädchen
gaben einem vielleicht einen Viertelpenny, wenn man den neugierigen Herren
die richtige Richtung wies.*

[Anmerkung: Als Dodger älter wurde, erkannte er, dass manche Leute dies für die falsche Richtung hielten.]

Matrosen

Die »leichten Mädchen« warteten nicht ohne Grund beim Hafen auf Freier. Matrosen
waren die idealen Kunden, denn sie kamen mit Taschen voller Geld an Land und sehnten
sich nach Zuwendung, die sie in einem der Freudenhäuser durch einiges Fummeln und
weitere Annäherungen bekommen konnten.

SEEMANN AN LAND

Polizist: »Hallo, Seemann. Ich nehme an, der Ausflug an Land tut dir nicht leid, oder?«
Seemann (der sich noch nicht an den festen Boden unter seinen Füßen gewöhnt hat):
»Ach, für ein oder zwei Tage ist es nicht übel, an Land zu sein. Wenn es nur nicht so schwer wäre,
gerade zu gehen.«

Es geht nach Hause – Homeward Bound
Ein altes Seemannslied, das es auf den Punkt bringt

Drei Jahre sind wir nun schon unterwegs,
Ich glaube, es wird Zeit, gegen den Wind
                    aufzukreuzen.
Und als wir Englands Küste sehen,
Da sind wir außer uns vor Freude,
Denn es geht nach Hause,
Denn es geht nach Hause.

Wenn wir in Londons Hafen einlaufen,
Werden wir dort die vielen Frauen sehen,
Und sie sagen zueinander:
»Willkommen, Seemann, mit der Heuer von
                    drei Jahren!«
Denn für ihn geht es nach Hause.

Und dann gehen wir ins Lamm und Glocke,
Wo es gut zu trinken gibt.
Mit einem Lächeln begrüßt uns der Wirt
Und sagt: »Setz dich, Seemann, es hat sich
                    für dich gelohnt.«
Denn für dich geht es nach Hause.

Aber wenn das Geld ausgegeben ist,
Wenn nichts geliehen und nichts geborgt
                    werden kann,
Dann kommt erneut der Wirt, die Stirn gerunzelt,
Und sagt: »Steh auf und mach Platz für
                    den anderen Seemann,
Denn für dich geht es wieder auf große Fahrt.«

Ohne eine Krone ist der arme Seemann,
Und ohne einen Platz zum Sitzen,
Mit leeren Taschen steht er da
Und muss wieder auf dem Meer arbeiten,
Wieder auf große Fahrt gehen.

Soldaten

Ein Schilling für die Unterschrift, ein Penny danach ...

Das Anwerben von Soldaten geschah häufig in Wirtshäusern und Kneipen, wo junge Burschen – oft mit Bier im Bauch und Träumen von Heldentum im Kopf – den »Schilling der Königin« nahmen (vor allem dann, wenn sie vorher noch mehr trinken durften). Anschließend bekamen sie 1 Schilling pro Tag. Besser gesagt: So viel *sollten* sie bekommen, doch »Unterbrechungen« bedeuteten, dass sie viel weniger erhielten. Im Jahr 1847 wurde ein Gesetz verabschiedet, wonach ein Soldat mindestens einen Penny pro Tag bekommen musste.

HABEN SIE'S GEWUSST?
➤ Die meisten militärischen Medaillen wurden aus dem Geschützmetall chinesischer Kanonen angefertigt.

✦ Im Ausland dienende Soldaten konnten bis 1881 ausgepeitscht werden. Während der Napoleonischen Kriege (1800–1814) konnte ein Soldat zu maximal 1200 Peitschenhieben verurteilt werden, mehr als genug, um ihn zu töten! Zur Zeit des Spanischen Unabhängigkeitskrieges (1807–1814) wurde ein Soldat zu 700 Peitschenhieben verurteilt, weil er einen Bienenstock gestohlen hatte.

DIE GROSSE FABRIK FÜR MILITÄRKLEIDUNG BEI PIMLICO

In dem trostlosen Teil von Pimlico, der an die Themse grenzt, in der Nähe des Bauunternehmens der Herren Cubitt, hat die Regierung neulich eine kleine Eichel fallen gelassen, aus der zweifellos in kurzer Zeit eine große Eiche wachsen wird, wie so oft bei Regierungseicheln. Wir meinen die neue Fabrik für militärische Bekleidung, die dort wie über Nacht entstanden ist.

[...] Als wir das gewaltige Gebäude betraten, begrüßten 380 000 Stiefel und Schuhe unsere Augen, hergestellt in dem bräunlichen Bollwerk. In regelmäßigen Abständen sahen wir so etwas wie Heuhaufen aus Stiefeln – Schaftstiefel für die verwundbaren Füße von Kavalleristen, die langen Schäfte wie Trichter aus Leder nach außen geneigt.

»Aber wie werden alle diese Stiefel für die Soldaten passend gemacht?«, fragten wir den Commissariat Officer, der uns durch die Fabrik führte.

»Oh«, erwiderte er, »wir stellen ein halbes Dutzend Größen her, und einige davon passen bestimmt.«

— Aus *Pictures of Town & Country Life, and other Papers*
(Bilder vom Stadt- und Landleben und andere Schriften)
von Andrew Wynter (1865)

Nur ein Stiefel

Die Kriege gegen die Franzosen (gegen die Truppen von Napoleon, »old Boney« genannt) forderten viele Opfer. Kriegsversehrte landeten auf der Straße, manche mit nur einem Bein, das andere bestand aus Holz. Verzweiflung machte einige von ihnen zu Verbrechern, wie Dodger feststellte, als er Holzbein Higgins begegnete, der den *Morning Chronicle* überfiel. Was nutzte eine Medaille, wenn man ein Bein verloren hatte?

Ich weiß jetzt, dass es viele Arten von Kriegen und viele Arten von Helden gibt.

Ein Hafenarbeiter brauchte nur starke Arme und einen strapazierfähigen Rücken, und ein Dieb benötigte eine schnelle Hand und noch schnellere Füße. Doch es bedurfte einiger Übung, um ein anständiges (oder, falls notwendig, auch ein unanständiges) Paar Stiefel anzufertigen.

Dodgers guter Freund Solomon Cohen galt als sehr geschickt bei der Reparatur von Schmuck, Uhren und anderen Preziosen. Er säuberte, formte, bog ... und machte die Welt auf seine kleine Art und Weise zu einem besseren Ort.

Solomon arbeitete immer. Es war in strengem Sinn nie harte, sondern eher weiche Arbeit, und sie betraf kleine Dinge, die kleine Werkzeuge und beträchtliche Mengen an Geduld erforderten.

HABEN SIE'S GEWUSST?

➳ Ein Handwerker verdiente etwa doppelt so viel wie ein Arbeiter.

➳ Gelernte Handwerker wie Maurer, Steinmetze und Tischler bekamen 6 Schillinge und 6 Pence für einen Zehn-Stunden-Tag, als sie in den 1860er-Jahren den ersten Abschnitt des Victoria Embankment* bauten.

* Straße und Fußweg am Nordufer der Themse in London

Und ein weniger ehrliches Gewerbe ...?

Dodgers Talente dienten einem etwas weniger ehrlichen Zweck. Er nutzte sie für die Herstellung kleiner Freunde, die ihm Zugang zu Gebäuden verschafften, insbesondere zu solchen Häusern, die noch besser verschlossen waren als ein Entenhintern (der, wie allgemein bekannt, wasserdicht war, durchaus von Vorteil für eine Ente, die dumm genug sein mochte, im Wasser der Themse zu schwimmen). Er verbrachte so manche glückliche Stunde damit, seine Dietriche zu biegen, zurechtzufeilen und sie für den Einsatz vorzubereiten.

Ein Wiesel verpfänden?

Wenn Arbeit knapp war, blieb selbst gelernten Handwerkern oft nichts anderes übrig, als ihre Werkzeuge in die Pfandleihe zu bringen – einen Hammer oder eine Säge konnte man nicht essen. Ein alter Kindervers aus dem achtzehnten Jahrhundert erzählt mit Cockney Rhyming Slang davon, ein »weasel« (gemeint ist ein »coat«, ein Mantel) zu »poppen« (nein, nicht das, was Sie denken; mit »pop« ist »pawn« gemeint, also verpfänden), wenn der Familie das Geld ausging ...

Half a pound of tuppenny rice,
Half a pound of treacle.
That's the way the money goes,
Pop! goes the weasel.
Up and down the City road,
In and out the Eagle,
That's the way the money goes,
Pop! goes the weasel.

In diesen Zeilen findet sich auch ein Hinweis darauf, wo das Geld möglicherweise geblieben ist – der Eagle war ein altes Pub in Hackney, das 1825 zur Music Hall umgebaut wurde.

Der Ruß, er kriecht überallhin, überallhin. Er gerät in alle Fugen und Ritzen, und er ist gefährlich, stellt Scheußliches mit dem Piepmatz an ...

In die Schornsteine unserer großen Stadt

Dodger war als Junge sehr mager und bestens geeignet, durch einen der zahllosen rußigen Schornsteine von London zu klettern. Er ging bei einem Schornsteinfeger in die Lehre, gewöhnte sich aber nicht an diese Arbeit. Besser gesagt: Er gewöhnte sich nicht an den Ruß.

HABEN SIE'S GEWUSST?

➤ Einige der Kaminkehrerjungen wuschen sich nur einmal in sechs Monaten.
➤ Der durchschnittliche Schornsteinfeger vertrat die Ansicht, dass Bier nötig war, um den Ruß aus der Kehle zu waschen.
➤ Wenn sich Viktorianer keinen Schornsteinfeger leisten konnten, warfen sie eine Gans in den Schornstein, um ihn zu reinigen.

»Mit dem wenigen Geld, das sie besitzen, knobeln sie um Bier, bis sie entweder betrunken sind oder keinen Penny mehr in der Tasche haben. Solche Männer sehen aus, als wären sie gerade aus einem Schornstein geklettert. Sie scheinen nie versucht zu haben, sich den Ruß aus dem Gesicht zu waschen. Ich habe gehört, dass kaum jemand von ihnen ein zweites Hemd oder mehr Kleidung besitzt, als er am Leib trägt ...«

— Henry Mayhew,
Die Armen von London

Zahllose Niemande, die für wenige Jemande arbeiten

Der vordere Teil eines Hauses war für die feinen Leute bestimmt, die dort wohnten. Der hintere blieb den Bediensteten vorbehalten: der Köchin, den Küchenmädchen, den Dienstmädchen und allen anderen, die den größten Teil ihres Lebens auf Knien verbrachten und den Boden für »die da oben« schrubbten.

Ein Straßenjunge an der Tür

Gelegentlich ließ sich ein Stück Pastete oder Hammelfleisch ergattern, falls die Köchin eine Schwäche für den armen kleinen Jungen hatte, der vor der Tür stand und so freundlich lächelte. Und Dodger konnte sehr gewinnend lächeln, auch während er mit einer verstohlenen Hand kleine Dinge stibitzte, die sich wenn nicht einen neuen Eigentümer, so doch einen neuen Besitzer wünschten. Aber der Eindruck täuschte, denn für die Straßenkinder gab es nichts zu lachen und kaum Grund zu lächeln; das Überleben war dafür einfach zu anstrengend.

Hinweis für den Haushalt: Was man von den Bediensteten erwarten kann …

»Die täglichen Aufgaben einer Köchin, eines Küchenmädchens und eines Küchenjungen überlappen sich und können kaum getrennt voneinander beschrieben werden. Einer Köchin obliegen alle Angelegenheiten der Küche, und die anderen helfen ihr bei der Ausübung ihrer Pflichten. Sie ist für die Art und Weise verantwortlich, wie die Arbeit geleistet wird, und muss daher über entsprechende Fähigkeiten verfügen. Für die Hausangestellten ist frühes Aufstehen sehr wichtig: nicht später als um 6 im Sommer und um 7 im Winter.« – Auszug aus *An Encyclopedia of Domestic Economy* (Lexikon der Hauswirtschaft) von Thomas Webster (1845)

Hinweis für die Bediensteten: Was sie vom Haushalt erwarten sollten …

RAT DES SATIREMAGAZINS *PUNCH* FÜR HAUSANGESTELLTE

»Man muss den Fisch erst fangen, bevor man ihn braten kann« – das ist eine goldene Regel für jede Köchin. Ein guter Rat für Bedienstete lautet: Sucht euch das Haus sorgfältig aus, in dem ihr dienen wollt. Die Wahl der Hausherrin erfordert ebenso viel Urteilsvermögen wie die Wahl des Geflügels für die nächste Mahlzeit. Man sollte in beiden Fällen darauf achten, keinen zu alten Vogel auszusuchen.

DAS MÄDCHEN FÜR ALLES

Seid zu Anfang nicht zu neugierig; später habt ihr noch genug Gelegenheit, alles zu durchstöbern.

— *PUNCH* (Juli–Dezember 1845)

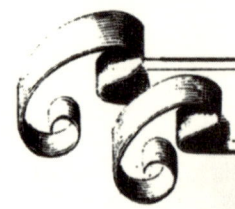

EIN VOLK VON LADENBESITZERN

Solomon hat mir einmal erzählt, dass der Franzmann-General Napoleon die Briten „ein Volk von Ladenbesitzern"* nannte. Ich weiß nicht recht – in den Armenvierteln sieht es eher nach einem Volk von Überlebenskünstlern aus. Aber es stimmt schon, dass es Läden für alles gibt, das man vielleicht kaufen möchte, sofern man genug Geld besitzt.

Im viktorianischen London gab es zahlreiche Ladenbesitzer, Angestellte und andere ehrgeizige Vertreter der Mittelschicht, die sich am eigenen Schopf aus dem Sumpf gezogen hatten und auf keinen Fall zurücksinken wollten. Wenn ein junger Bursche über etwas Bildung verfügte (mehr als das auf der Straße erworbene grobe Wissen) und ordentliche Kleidung trug, konnte er auf eine Stelle in einem der vielen Einzelhandelsgeschäfte hoffen, vielleicht sogar auf einen einfachen Posten in einem der großen Kaufhäuser in den besseren Vierteln der Stadt. Und wer genug klimpernde Silbermünzen in der Tasche hatte, für den wurden die Läden, Geschäfte und Warenhäuser dem exzellenten Ruf gerecht, den sie überall auf der Welt genossen.

HABEN SIE'S GEWUSST?

➤ Bei Lock & Co. in der St. James's Street stellte man die ersten Bowlerhüte her, nachdem die Firma darum gebeten worden war, etwas für den Wildhüter eines Gentleman aus Norfolk zu entwickeln. Man nannte sie »Coke-Hüte«, nach dem betreffenden Gentleman, Mister Coke.

➤ Der erste Sainsbury's-Laden wurde 1869 in London von John James Sainsbury und seiner Frau Mary Ann eröffnet.

➤ Harrods führte 1898 die erste »Rolltreppe« ein – oben angelangt bekamen die Kunden ein Glas Brandy zur Beruhigung der Nerven.

➤ Burlington Arcade – ein überdachter Weg in der Nähe von Picadilly Circus mit 72 Läden – wurde 1819 eröffnet, und zwar für den Verkauf von Schmuck und »Modeartikeln«. Zum Schutz der Kunden vor unerwünschten Personen (praktisch alle, die Dodger früher kannte, fallen in diese Kategorie) gingen dort Amtsleute auf Streife, die Zylinderhüte und Gehröcke trugen.

---

* Diese geistreiche Bemerkung stammt nicht von ihm selbst, sondern von einem Typen namens Adam Smith, der die Worte in seinem fast 100 Jahre früher veröffentlichten Buch *Wohlstand der Nationen* schrieb.

Dodger hatte das Vergnügen, ein solches Geschäft als willkommener Kunde zu betreten (anstatt als höchst *unwillkommener* Besucher durchs Oberlicht zu klettern), als Solomon ihn zu Lock & Co. brachte, um dort einen Hut zu kaufen, wie er einem Gentleman gebührte. Mit einem solchen Hut sah ein junger Bursche viel eher wie ein feiner Herr aus, auch wenn er unter dem Hut noch immer übel roch.

Und der Kauf eines Huts war für jeden Gentleman eine ernste Angelegenheit ...

DIE FRAU HÄLT DAS EINKAUFEN NATÜRLICH
FÜR SEHR DUMM UND LÄSTIG.

Überlegenes Geschöpf. »Um Himmels willen, Edward, komm endlich! Wenn du einen Laden betrittst, willst du ihn gar nicht wieder verlassen.«

Für Leute mit weniger Geld gab es die kleineren Geschäfte, z. B. in Whitechapel: Pfandleihen und Gebrauchtläden, Metzger und Friseure. Staub, Dreck, Diebe und Ratten gab es dort obendrein. Und wenn ein Londoner Metzger jemals einem Hund einen Knochen überließ, war davon auszugehen, dass er kaum aus der Nähe eines Gelenks stammte, denn aus dem Gelenk war bereits Suppe gekocht worden. Der Rest widersetzte sich jedem Versuch, jene Teile zur Verfügung zu stellen, die man gewöhnlich an oder in einem Knochen erwartete.

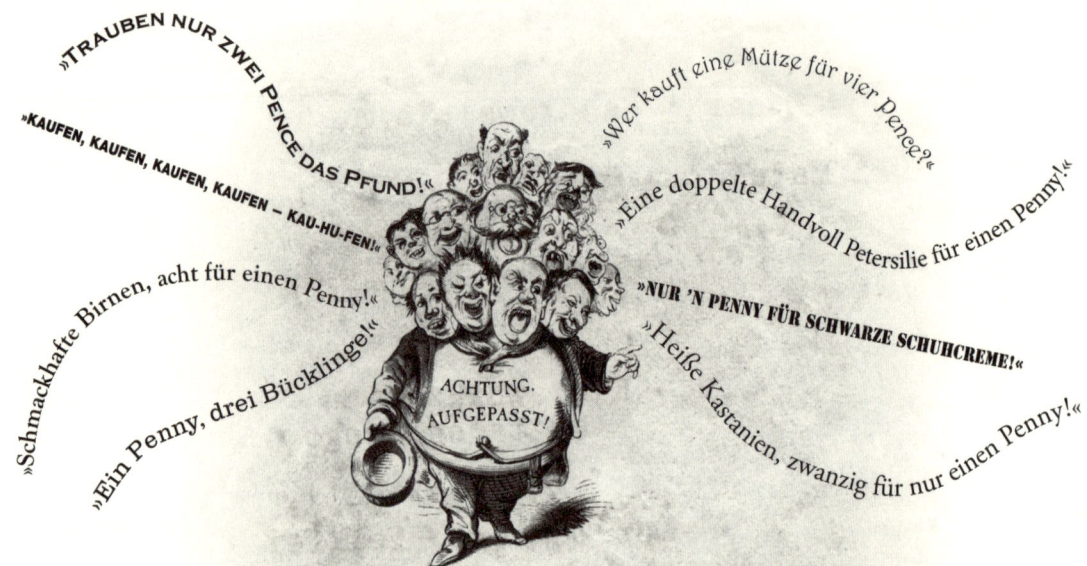

»TRAUBEN NUR ZWEI PENCE DAS PFUND!«

»KAUFEN, KAUFEN, KAUFEN, KAUFEN – KAU-HU-FEN!«

»Schmackhafte Birnen, acht für einen Penny!«

»Ein Penny, drei Bücklinge!«

»Wer kauft eine Mütze für vier Pence?«

»Eine doppelte Handvoll Petersilie für einen Penny!«

»NUR 'N PENNY FÜR SCHWARZE SCHUHCREME!«

»Heiße Kastanien, zwanzig für nur einen Penny!«

Ein Kerzenleuchter aus einer Rübe

Ganz London war unterwegs, um auf dem Markt zu kaufen, zu verkaufen oder zu klauen – insbesondere am Samstagabend, wenn das Tageslicht schwand und die Lampen angezündet wurden: rauchige rote Flammen von Talglampen, das verblüffende Weiß der neuen Gaslampen oder einfach nur eine Kerze, die in einem Bündel Feuerholz oder in einer Rübe steckte. Und der Markt war voller Waren: niedrig hängendem Obst und anderen Wonnen, die ein junger Bursche vor dem Herabfallen »bewahrte« und die oft wie durch ein Wunder in seinem Mund landeten.

> Bei den Marktbuden konnte Solomon selbst mit einem Cockney so gut feilschen, dass der Mann schließlich nachgab. Und wehe jedem Verkäufer, der Solomon Mindergewicht, schimmeliges Brot oder angefaulte Äpfel verkaufte, ganz zu schweigen von einer gekochten Orange und anderen Tricks, z. B. der Wachsbanane.

Man konnte alles kaufen: Fisch, Gemüse, Obst und »Grünkram« (wie z. B. Brunnenkresse, Sternmiere, Kreuzkraut – bestens geeignet für 5-am-Tag!), Schuhcreme, Streichhölzer, Salben aller Art, Fettentferner, Weihnachtskugeln, Rattengift, Knallerbsen, Hundehalsbänder, Vogelkäfige, Grills für Räucherheringe, Schnürsenkel und Miederschnüre, Hemdknöpfe, Schnupftabakdosen, Nadelkissen, Gebrauchtwaren, lebende

Haustiere (z. B. Hunde, Eichhörnchen und Schildkröten), handgefertigte Gegenstände (z. B. Wäscheklammern, Hutschachteln, Binsenkörbe) usw. Was auch immer man sich wünschte, *irgendwo* konnte man es kaufen.

Der beste Freund eines Obst- und Gemüsehändlers

Der Esel lag dem Obst- und Gemüsehändler sehr am Herzen, und manchmal bekam er mehr zu essen (beziehungsweise zu fressen) als ein Mitglied der eigenen Familie. Und er konnte den Karren jeden Tag zwei bis zehn Meilen weit ziehen.

HABEN SIE'S GEWUSST?

- Ein Gemüsejunge verdiente ⅙ bis 2 Schillinge die Woche.
- Das Futter für den Esel kostete vier oder fünf Pence pro Tag. Es bestand aus einem Viertelscheffel Spreu für einen Penny, einem Quart Hafer und einem Quart Bohnen zu jeweils anderthalb Penny, und manchmal auch noch Heu für einen weiteren Penny.

DIE REALITÄT DER ELENDSVIERTEL

*Denkt man genau darüber nach, ist London eigentlich gar nicht so groß:
eine Quadratmeile mit Plätzen, Straßen und Gassen, umgeben von weiteren Straßen
und noch mehr Menschen. Ich bin in einer Welt voller Nebel und Rauch aufgewachsen,
und sie fühlte sich noch immer wie mein Zuhause an. Die Armenviertel – wo praktisch
alle Niemande leben – sind ein Ort, wo ich alle kenne und wo alle mich kennen,
vor allem dann, wenn ich ein bisschen Geld in der Tasche habe. Ein Bibelmann
hat mir einmal gesagt, Gott beobachte alles. Nun, wahrscheinlich hat er mehr gesehen,
als ihm lieb ist, wenn er einen Blick auf Londons Schattenseite geworfen hat.*

In Dodgers London gab es kein soziales Sicherheitsnetz für jene, die abstürzten. Und
wenn jemand fiel, konnte er ziemlich tief fallen, ohne Hoffnung, unten abzuprallen und
wieder nach oben zu kommen, insbesondere dann, wenn er in die Mischung aus Mist,
Müll und Dreck fiel, die die Straßen fernab der feinen Viertel bedeckte.

HABEN SIE'S GEWUSST?

➤ Die Elends- bzw. Armenviertel wurden *rookeries* genannt, weil die dicht an dicht
   stehenden Häuser und das Gemeinschaftsleben drinnen und draußen an die
   Nester von Krähen *(rooks)* erinnerten.

➤ Der Begriff *rookeries* wurde zum ersten Mal 1792 von dem Dichter George
   Galloway verwendet. Er beschrieb ein *rookery* als »eine Ansammlung von
   schäbigen Wohnhäusern, in denen Angehörige der niedrigsten Klasse dicht
   an dicht leben«.

➤ Die Arbeiterklasse von East London bestand aus einheimischen Engländern,
   irischen Immigranten und Einwanderern aus Mittel- und Osteuropa, hauptsächlich Russen, Polen und deutschen Juden.

➤ Seven Dials war ein besonders berüchtigtes Armenviertel, benannt nach einer
   in sieben Abschnitte unterteilten Sonnenuhr an einer Kreuzung von sieben
   Straßen.

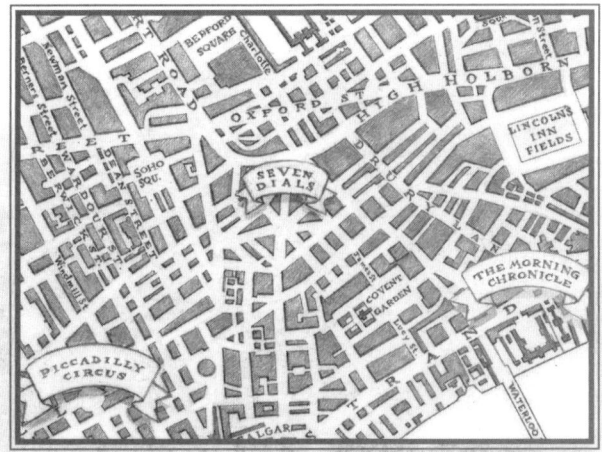

Charles Dickens, ein Freund des jungen Dodger, verwendete seine in den Armenvierteln gesammelten Erfahrungen für viele Romane. Einmal machte er sich daran, das »Rat's Castle« (Rattenschloss) genannte Viertel zu erkunden. In seiner Begleitung befanden sich ein Chefinspektor von Scotland Yard, vier Polizisten sowie weitere Polizisten in Pfeifreichweite für den Fall, dass etwas passieren sollte!

> »Wo sonst gibt es ein solches Labyrinth aus Straßen, Höfen, Wegen und Gassen? Wo sonst existiert eine solche Mischung aus Engländern und Iren wie in diesem unübersichtlichen Teil von London? Der Fremde, der sich zum ersten Mal in ›The Dials‹ wiederfindet, vor den sieben dunklen Gassen steht und sich fragt, welchen Weg er einschlagen soll, wird sich eine Zeit lang neugierig umsehen. Von dem unregelmäßig geformten Platz, auf dem er sich befindet, zweigen Straßen und Höfe in alle Richtungen ab, bis sie sich in dem ungesunden Dunst verlieren, der über den Dächern liegt und die schmutzige Aussicht undeutlich und ungewiss macht ...«
> — Aus *Sketches by Boz* von Charles Dickens (1836)

Manche Straßen können recht schmutzig sein. Vielleicht liegt ein toter Hund herum, vielleicht auch eine tote Alte. Aber so ist die Welt, nicht wahr? Steht nicht in der Bibel geschrieben, dass man ein bisschen Schmutz essen muss, bevor man stirbt?

Das Zuhause befindet sich dort, wo die Familie lebt.

Und vielleicht auch die Familien aller anderen, denn in einem typischen Mietshaus rückten die Nachbarn sehr dicht aneinander, manchmal so dicht, dass sich ihre Schultern berührten. Und die kleinen Freunde, die sie vielleicht am Körper mit sich führten, wurden bald zu den eigenen kleinen Freunden, ließen sich in den Achseln und im Schritt nieder, bis sie weitergegeben wurden. Das galt erst recht dann, wenn die Betten im Haus gleich mehrfach vermietet wurden, wenn tagsüber und nachts verschiedene Menschen darin schliefen.

»Ein hübsches Bett für die Jungen ...«

Ganze Familien teilten sich die Zimmer mit anderen Familien oder vermieteten ein Bett an Kinder, damit sie »ruhig und bequem schlafen« konnten. Sechzehn oder mehr Familien wohnten in einem Gebäude, in Zimmern über Werkstätten oder Kuh- und Eselställen, mit Karrenladungen voller Abfälle im Hof und stehendem Wasser auf den Straßen.

HABEN SIE'S GEWUSST?

✦ 1854 gab es in London 1400 Wohnhäuser mit 30 000 Bewohnern – weitere 50 000 wohnten in nicht registrierten Häusern.

✦ Henry Mayhew erzählte Dodger, dass er einmal dem Pfarrer einer kleinen Kirche begegnet war, der 29 Personen in einer Wohnung angetroffen hatte. Als der Priester zwischen zwei Betten kniete, um für eine sterbende Frau zu beten, steckten seine Beine so fest, dass er kaum wieder aufstehen konnte.

»Ladys und Gentlemen wurden aufgefordert, gewöhnliche Kleidung zu tragen und durch die Straßen zu gehen, um jene zu sehen, von denen sie zwar gehört hatten, die ihnen aber so fremd vorkamen wie die Bewohner eines anderen Landes.« — *New York Times* (1884)

Die tapfersten Touristen verbrachten eine Nacht in einer billigen Pension, um dem Lumpenproletariat für einige Stunden so nahe wie möglich zu sein. Viele von ihnen trugen mehr nach Hause als nur Erinnerungen ...

Fahrende Händler oder Leute mit einer Pechsträhne konnten für vier oder sechs Pence in einer Penne unterkommen, die bis zu 40 Zimmer mit Schlafplätzen für 200 Personen hatte. In der Küche einer solchen Penne fanden gleichzeitig 400 Menschen Platz.

»Wenn ein Mann seinen Stand in der Gesellschaft verloren hat, so kann er ziemlich tief sinken, und tiefer als in einem dieser schäbigen Wohnhäuser geht es kaum.« – der einst wohlhabende Bewohner einer Penne, zitiert in *Die Armen von London*

»Ein vertrauenswürdiger Mann erzählte mir, dass er vor nicht allzu langer Zeit gezwungen war, in einer der billigsten (was den Preis betrifft) Unterkünfte zu übernachten. Alles war baufällig, schmutzig und laut. Am Morgen wollte er sich waschen und füllte ein Becken mit Wasser aus einem zu diesem Zweck bereitstehenden Eimer. In dem Wasser schwammen lebende – so hatte es den Anschein – Käfer und Läuse, die meinem Informanten zufolge vermutlich von der Decke gefallen waren ...« – Henry Mayhew, *Die Armen von London*

Schlaf gut, Kindlein, in des Baumes Kron',
Wenn du alt wirst, gibt es keinen Lohn.
Wenn du dein weniges Geld ausgegeben hast,
Geht's erst ins Armenhaus und dann ins Grab.

Anonymer Vers

Wenn man *zu* tief fiel und dabei oft die Familie mitnahm, erwartete einen das Armen-haus. Eine brotlose Person (oder Familie), die nicht imstande war, die wenigen Pence pro Nacht für eine Penne zusammenzukratzen, und die in Hauseingängen zusammen-gekauert oder unter einer Plane zitternd die Nacht verbringen musste, konnte für Arbeit Obdach und Nahrung bekommen. Als Zugabe erhielten die Mittellosen reichlich Gott-sei's-gedankt: Vor dem Frühstück und nach dem Abendbrot wurden den Unglücklichen Gebete vorgelesen, damit sie darüber nachdenken konnten, welche große Gnade Gott ihnen zuteilwerden ließ, indem er ihnen ein Bett fernab von Frau und Kindern, einen Brocken Käse und einen Kanten Brot für ein paar Stunden Arbeit gab …

Armenhausregeln

Nach 1834 legten neue Verordnungen 233 Regeln für Armenhäuser fest, darunter folgende:

ARMENHAUSREGELN

JEDER ARME, DER EINE DER IM FOLGENDEN AUFGEFÜHR-
TEN UND FÜR IHN BINDENDEN REGELN MISSACHTET –

- wer Lärm macht, wenn Ruhe angeordnet ist;
- wer schamlose oder abfällige Reden führt;
- wer mit Worten oder Taten eine Person beleidigt oder beschimpft;
- wer eine Person angreift oder ihr Schläge androht;
- wer sich nicht angemessen rein hält;
- wer die Arbeit verweigert, nachdem er dazu aufgefordert wurde, oder wer die Arbeit vernachlässigt;
- wer sich krank stellt;
- wer Karten spielt oder sich anderen Glücksspielen hingibt;
- wer ohne Erlaubnis anderen Armen vorbehaltene Räume betritt oder zu betreten versucht;
- wer sich beim Gebet im Armenhaus oder auf dem Weg zum Gottesdienst, während des Gottesdienstes oder bei der Rückkehr vom Gottesdienst zum Armenhaus schlecht benimmt;
- wer zu spät zurückkehrt, nachdem ihm die Erlaubnis zum vorübergehenden Verlassen des Armenhauses erteilt wurde;
- wer eigensinnig den rechtmäßigen Anweisungen der Autoritätspersonen des Armenhauses zuwiderhandelt.

—— GILT ALS UNGEHÖRIG! ——

»Die Methoden, mit denen die Leute auf der Straße eine Kruste finden, wie sie es nennen (und manchmal ist es wortwörtlich gemeint), sind so vielfältig, dass sie sich allen Versuchen widersetzen, sie wissenschaftlich zu klassifizieren oder einzuordnen.«

— Henry Mayhew, *Die Armen von London*

Ordentlich in die Hände gespuckt …

Straßenhändler, Käufer, Entdecker, Künstler, Handwerker und Arbeiter, Laufburschen, Kinderakrobaten, die allgegenwärtigen Bettler – die Londoner Straßen waren voller Leben (zumindest voll von dem Leben, das aus Tausenden von Niemanden bestand). Straßenkehrer, Kanalreiniger, Müllmänner, Wegfeger, Anzünder, Wasserträger, Plakatkleber, Pferdehalter, Schuhputzer, Gepäckträger … Sie rackerten und schindeten sich ab, schufteten und legten sich in die Sielen, alle auf der Suche nach »Krusten« und vielleicht noch etwas mehr, einem Stück Brot.

Dung ist bares Geld

Für den Preis eines Besens – etwa zweieinhalb Pence – waren zahllose Wegfeger von morgens bis abends im Einsatz und sorgten dafür, dass kein feiner Reisender, der einer Kutsche entstieg, in die Hinterlassenschaften der Pferde trat. Sie verdienten etwa einen Schilling pro Tag und verteidigten ihre Arbeitsbereiche …

Für drei Pence Kartoffeln an die Rübe …

Man nehme einen großen Beutel mit rohen Kartoffeln.
Man füge einen kahlköpfigen Mann hinzu.
Drei Pence in den Ring geworfen …
… und die Kartoffel klatscht an die Rübe.
Sie wird gegen den Kopf geschmettert und zerbricht in ein Dutzend Stücke …

»Jetzt für vier Pence«, sagt der Aussteller. »Mal sehen, was wir mit einer ebenso großen Kartoffel anstellen können!«

»Der Mann ist voller Beulen, blau und grünlich sind sie, und rot wie durch Entzündungen. Der Kopf sieht aus wie von zahlreichen Kugeln getroffen …«

– *Viktorianischer Gentleman, der das Spektakel beobachtet*

»Gott segne Sie, Sir, Sie sind ein wahrer Gentleman, Sir ...«

Alte Burschen, die mit zwei Beinen in den Krieg zogen und eins auf dem Schlachtfeld ließen ...

Alte Frauen, denen nicht nur die meisten Zähne fehlten, sondern auch eine Familie. Solche Frauen gab es ziemlich viele, denn ihre Ehemänner traten meistens eher vor den Schöpfer ...

Kinder ballten die Fäuste, damit sich ihre Fingernägel in die Handballen bohrten und bessere Tränen hervorbrachten, Tränen voller *Seele* ...

Ganze Familien flehten Passanten um ein Almosen an, damit ihre Kinder nicht verhungerten ...

Bettler, sie alle, und jeder von ihnen versuchte zu überleben.

Erstaunlicherweise traf man gelegentlich feine Leute, die sich tatsächlich um die Armen auf den Straßen kümmerten und sich ihretwegen ein wenig schuldig fühlten. Wenn man arm war, einen Teil des Schmutzes aus dem Gesicht schrubbte, sich überhaupt nicht schämte und eine gute Leidensgeschichte erzählen konnte ... dann küssten sie einen fast, weil sie sich besser fühlten.

(Aber ein Kuss füllte keinen leeren Magen, und deshalb musste etwas Geld den Kuss begleiten.)

»Wir fürchten sie [die Armenviertel] für das, was sie sind: Betten der Pestilenz, wo ein Fieber entsteht, das sich bis in ferne Teile der Stadt ausbreitet; Zentren des Lasters ... Sie sind nicht nur der Treffpunkt, wo die Massenarmut stark wird, nicht nur Schlupfwinkel, sondern *Wiegen* des Verbrechens. Eine zukünftige Generation von Dieben schlüpft dort aus ihren Nattereiern.« — *The Rookeries of London* (Die Armenviertel von London), Thomas Beames (1852)

Henry Mayhew stellte in *Jene, die nicht arbeiten,* dem vierten Band von *Die Armen von London* (1861), eine Liste von Taugenichtsen zusammen:

EIN KOMPENDIUM VON DIEBEN, BETRÜGERN, BETTLERN, HALUNKEN USW. IHRE METHODEN ENTHÜLLT, GESELLSCHAFTLICHE URSACHEN UNTERSUCHT, VORBEUGEMASSNAHMEN ERKLÄRT. [sic]

BETTLER UND BETRÜGER

Damen und Herren werden insbesondere vor der folgenden Art zweifelhafter und unwürdiger Personen gewarnt:

BETTELNDE BRIEFESCHREIBER

Zuvorderst bei den Bettlern mit ihrem Anspruch auf eine gescheiterte Existenz und gute Schreibkunst.

HERUNTERGEKOMMENER GENTLEMAN

Diese Bettler sprechen von früherer Größe, von Bekannten beim hohen und niederen Adel in einer bestimmten Grafschaft, stets weit entfernt vom aktuellen Ort ... Als Ursache für seinen Ruin nennt der heruntergekommene Gentleman oft eine Verhandlung vor dem Kanzleigericht oder die »fatalen und unheilvollen Folgen« neuer Gesetze und Verordnun-

gen. Er ist ein schwülstiger Blender und geht keck mit seinem abgenutzten Seidentaschentüchlein um, das selbst den größten Skeptiker überzeugt.

DER ABGEWRACKTE HÄNDLER

Der abgewrackte Händler ist ein Einzelhändler, der ähnlich vorgeht wie der heruntergekommene Gentleman. Die unvorhergesehene Pleite von vierzehn der angesehensten Banken in New York, der Verlust zweier Schiffe bei den letzten Herbststürmen oder ausbleibende Zahlungen wichtiger Kunden sowie die gegenwärtige Wirtschaftskrise haben ihn in seine gegenwärtige abscheuliche Lage gebracht. Er hat eine Frau, deren Erscheinungsbild auf ein kleines Einkommen hinausläuft: Ihre von überaus harter Arbeit gezeichneten Hände sind auf einer sauberen Schürze gefaltet, und sie knickst mit der Demut einer Kirchendienerin.

BESCHÄMTE BETTLER

Damit meine ich große Männer mit kantigen Gesichtern, gekleidet in schäbige, aber gut abgebürstete Sachen. An ihre Brust ist ein Zettel mit einer mitleiderregenden Geschichte geheftet, geschrieben in respektablen großen Buchstaben. Der beschämte Bettler appelliert nicht mit Worten an die Barmherzigkeit, sondern mit flehentlichen Blicken. Diese Leute haben kein Talent fürs »Schwatzen«, sind dafür aber mit großer mimischer Ausdruckskraft gesegnet und setzen sie ebenso wirkungsvoll ein wie gesprochene Worte.

»SAUBERE FAMILIE«-BETTLER

Bettler dieser Kategorie bilden kunstfertige Gruppen. Ein heruntergekommener Mann im letzten Stadium der Schäbigkeit geht Hand in Hand mit einem blassen, apart aussehenden Mädchen. Auf der anderen Seite begleitet ihn seine Frau mit einem Säugling auf dem Arm. Ein Kind, das gerade erst laufen gelernt hat, hält sich an ihrer freien Hand fest, und vielleicht gibt es weitere Kinder, die an ihrem Rock hängen und sich gelegentlich davon lösen, um – wie eine Vor- oder Nachhut – einzelne Personen abzufangen, sich auf fallende Münzen zu stürzen oder Passanten herzzerreißend anzusehen.

Die Kleidung der gesamten Familie ist so schäbig, dass man sie fast schon Lumpen nennen kann, aber Hände und Gesichter sind peinlich sauber – die Haut glänzt fast, wie durch die Verwendung von reichlich Seife. Das gilt insbesondere für die Kinder. Bei ihnen glitzert die Haut wie Sandpapier; ihre Augen sind halb geschlossen und die Nasen gewellt wie durch zwanghaftes Waschen. Der Säugling scheint noch sauberer als sauber zu sein und ist niedlich herausgeputzt. Die »Saubere-Familie«-Bettler erwecken den Eindruck, aus einer ruhigen, ordentlichen Londoner Straße zu stammen, und sie posieren zur Bewunderung der sparsamen Matronen, von denen sie ihre Almosen erhalten.

Manchmal singen die Kinder der »Saubere-Familie«-Bettler oder der Vater »schwatzt«. Heute Morgen kam eine Gruppe an meinem Fenster vorbei, die sowohl sang als auch »schwatzte«. Die Mutter fehlte, und die ältesten Töchter strickten und häkelten, während sie gingen.

Wenn man die eine oder andere Tasche leeren muss …

Wenn selbst die Peeler genau darauf achteten, wohin sie den Fuß setzten, und wenn sich keiner von ihnen allein in die Armenviertel wagte, dann waren die berüchtigten Straßen von London das Zuhause vieler geschlüpfter Nattern (außerdem von Ratten und Mäusen, Flöhen und Läusen, Kakerlaken und Fliegen). Den Leichtsinnigen erwarteten viele kleine Hände, bereit, ihm alle jene Dinge abzunehmen, die er nicht mehr brauchte – ein ganzes Heer von Straßenkindern, wie es Charles Dickens so vortrefflich in seinem Roman *Oliver Twist* beschrieb.

Verbrecherjargon

Den ursprünglichen Namen oder eine Zahl von einer gestohlenen Uhr entfernen und durch einen erfundenen ersetzen: **christening Jack** (die Uhr taufen).

Das Innere einer Uhr entfernen und in eine andere einsetzen: **churching Jack** (die Uhr zur Kirche tragen).

Jemand, der einen Ladenbesitzer bestiehlt, während er vorgibt, etwas ehrlich zu kaufen: **ein bouncer** (ein Preller).

Jemand, der einen anderen überredet, an einem betrügerischen Spiel teilzunehmen, z. B. an einem Kartenspiel mit gezinkten Karten: **ein buttoner** (eigentlich: ein Knöpfer).

Einen Einbruch begehen: **crack a case** oder **break a drum** (»einen Kasten knacken« oder »eine Trommel brechen«).

Ein Dieb, der von Kutschen aus stiehlt, indem er hinten hinaufklettert und die Riemen durchschneidet, die das Gepäck festhalten: **a dragsman** (ein Schlepper).

Ein Fenster einschlagen: **starring the glaze** (das Glas »sternen«).

Eine Kasse ausrauben: **pinch a bob** (eine Troddel zwicken).

Eine fürs Ausrauben markierte Person: **a plant** (ein Werk).

Losziehen, um zum Trocknen aufgehängte Wäsche zu stehlen: **going snowing** (schneien gehen).

Falschgeld: **sinker** (Senkblei).

Wer gefälschte Münzen weitergibt: **smasher** (eine Wucht).

Gestohlene Objekte allgemein: **swag** (Beute).

Halb nackt unterwegs sein, um Mitleid zu erregen: **on the shallow** (im Seichten).

Falschmünzer: **bit fakers** (Stückefälscher).

Nächtliche Herumtreiber, die Betrunkene ausrauben: **bug hunters** (Wanzenjäger).

Ein Wohnhaus betreten, während die Familie in der Kirche ist: **a dead lurk** (eine tote Lauer).

Gefälschte Banknoten: **queer screens** (eigentlich: seltsame Schirme).

– The Seven Curses of London
(Die sieben Flüche von London)
James Greenwood (1869)

Ein echter Geezer

Dodger war ein wahrer Meister des »Geezerns« – kaum ein anderer verstand es so gut wie er, ein cooler Typ zu sein. Er trug die Straße nicht nur wie einen Mantel, sondern wie einen Teil seiner schmutzigen Haut. Er war ein Schauspieler, der immerzu das Spiel spielte, und wenn er die Reviere anderer Männer betrat, so achtete er immer darauf, wie ein Geezer zu stolzieren. Mit einem Nicken, einem Zwinkern und der einen oder anderen Geste machte er deutlich, dass er ihre Bereiche respektierte. Als Gegenleistung würden sie ihm den gleichen Respekt erweisen, wenn sie nach Seven Dials kamen. Aber für den Fall, dass sie es an Respekt mangeln ließen, hatte er immer den Schlagring dabei ...

*Jeder Junge möchte, dass man ihn für einen tollen Burschen hält,
für einen Geezer, klar?*

Banden

Wenn junge Gauner bereit waren, den Rivalen, die ihr Revier betraten, sofort eins überzubraten, konnte Gewalt schnell ausufern ...

DIE CLERKENWELL-SCHIESSEREI

Am Samstag ermittelte Dr. Danford Thomas im St. Pancras bezüglich des Todes von Margaret Jane Smith ... Alfred Smith, Schaffner, sagte aus: Als er sich um neun Uhr Donnerstagabend in der Margaret Street in Clerkenwell befand, bemerkte er eine Bande von Jungen und Mädchen, insgesamt etwa 20, die sich auf höchst ungehörige Weise benahmen. Ein Gemüsejunge namens Joseph Steadman schob seinen Schubkarren durch die Straße, als ein Bursche namens Mark einen Streit mit ihm begann und ihn schlug. Ein Mädchen rief einem anderen Jungen zu: »Baker, schieß!« Nach Angaben des Zeugen feuerte Baker mit einem Revolver [sic] in die Richtung der Streitenden, und offenbar galt der Schuss Steadman. Unmittelbar nach dem Schuss sah der Zeuge das sterbende Mädchen zusammenbrechen. Es überquerte die Straße zwischen zwei Banden von Jungen.

Inspektor Briggs sprach von zwei miteinander verfeindeten Banden. Weihnachten verhaftete die Polizei 28 der Jungen, und bei einigen von ihnen wurden Revolver gefunden. Donnerstagabend kam es zu neuen Feindseligkeiten zwischen den Banden. Der wahre Name des Jungen, der »Baker« genannt wurde, lautete Robson. Er wusste, dass er einen Revolver bei sich hatte. Eine der Banden gehörte zur Chapel Street, die andere zur Magaret Street, Clerkenwell. Wann immer sie aufeinandertrafen, kam es zu Gewalt. Die meisten Mitglieder der Chapel-Street-Bande waren mit Revolvern bewaffnet. Sie schossen damit, wenn sie die Margaret Street betraten, um auf ihr Kommen hinzuweisen. Meistens ging es bei den Streitereien um Mädchen.

— *Morning Post* (7. Juni 1897)

Wenn man nicht aufpasst

Wenn sich ein Fremder in die Gassen und Höfe von East End wagte, musste er damit rechnen, das Opfer von Dieben (*tea leaves* genannt, Teeblätter) zu werden. Ganze Scharen von ihnen warteten nur darauf, eine Rübe von einem Gemüsekarren zu stibitzen, Besuchern die Schnürsenkel aus den Schuhen zu ziehen oder eine glänzende Münze zu stehlen, die so dumm war, auf der Suche nach Abenteuern aus der Brieftasche ihres Besitzers zu lugen.

Andere Kriminelle, mit denen es ein unaufmerksamer Besucher zu tun bekommen konnte, waren:

Duffers und **Horse-chanters**: verkauften schlechte Waren oder Pferde und betrogen den Käufer

Charley pitchers: Spieler, die beim Spiel mogelten und betrogen

Bouncers und **Besters**: betrogen mit Wetten, die der Zocker unmöglich gewinnen konnte, wie z. B. beim Hütchenspiel

Cracksmen: Leute, die in Häuser einbrachen

Rampsmen: Leute, die Personen auf der Straße anhielten und ausraubten

Drummers: bestahlen die Leute, die sie zum Trinken verleitet hatten

Bug-Hunters: suchten nach Betrunkenen, die sie ausrauben konnten

Buzzers: stahlen aus den Taschen von Gentlemen

Wirers: hatten es mit besonders langen und dünnen Fingern auf die Taschen der Damen abgesehen

Thumble screwers: stahlen Uhren

Drag-sneaks: stahlen von Karren oder Kutschen

Garrotters: Straßenräuber

Wooly bird stealers: stahlen Schafe

HABEN SIE'S GEWUSST?

Selbst das Haar von Pferdeschwänzen konnte gestohlen und verkauft werden – Pferdehaar brachte 10 Pence das Pfund. Als man zwei Pferdehalter auf einem Pferdebusplatz dabei ertappte, wie sie Haar aus dem Schweif der ihnen anvertrauten Tiere verkauften, ärgerte sich die Company vor allem über die verunstalteten Pferdeschwänze und dachte weniger an den Wert des Pferdehaars.

Die große Garrottenpanik von 1862

Als ein Parlamentsmitglied auf dem Heimweg vom Unterhaus auf der Straße überfallen wurde – von einem »Garrotter« –, schuf die Presse (vor allem die *Times,* die strengere Strafen für Verbrecher forderte) eine Panik in der ganzen Stadt, obwohl die Anzahl der entsprechenden Zwischenfälle eher gering war und nicht über 32 im November hinausging. Der besorgte Gentleman, der im Dunkeln das Haus verließ, hatte die Möglichkeit, spezielle Anti-Garrotten-Kragen und Totschläger aus Blei zu kaufen.

Doch die Unvorsichtigen und Unaufmerksamen in einer Kutsche und selbst daheim konnten leicht zu Opfern werden …

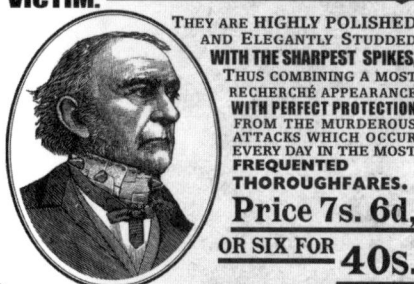
angelehnt an eine Werbung in *Punch* (1856)

»Unter den vielen Dieben, die Londons Straßen heimsuchen, sind die Kutschendiebe besonders geschickt und aktiv. Bei keiner Kutsche sollten jemals die Fenster offen bleiben; wertvolle Teppiche sollten immer mit einem Riemen oder auf andere Weise an der Kutsche befestigt werden. Damen wird geraten, übereifrigen Personen, die ihnen die Tür öffnen wollen, mit Vorsicht zu begegnen, denn in neun von zehn Fällen sind diese Männer und Jugendlichen erfahrene Taschendiebe.
— *Dickens's Dictionary of London* (Dickens' Wörterbuch von London), Charles Dickens Jr. (1879)

Szene: *Die Küche*

Köchin: »Wer war das an der Tür, Mary?«
Mary: »Oh! So ein freundlicher Gentleman mit Schnurrbart. Er schreibt einen Brief im Salon. Er sagt, er ist ein alter Schulfreund des Hausherrn und gerade aus Indien zurück.«

Szene: *Der Flur*

Der angeblich so freundliche Gentleman verschwindet mit einem Mantel und anderen Kleinigkeiten, die er in die Finger kriegen konnte.

Snakesmen (Schlangenmänner): Die Meisterdiebe

⊞ Snakesman – WANTED ☾

Qualities needed: skinny, agile lad needed with a head for heights (possibly supported by a hemp noose if he were to be sloppy or careless at his work).

Apply in person at   *Today or tomorrow*
Billies Booth, Seven Dials.   *at 9 pm of the clock.*

Der *Snakesman* war ein Dieb, der an Abflussrohren emporklettern und in jedes Haus gelangen konnte: übers Dach, durch ein offenes Fenster, schnell durch die Hintertür geschlüpft, durch ein Oberlicht. Dodger hatte es selbst einmal für angebracht gehalten, sich mit einem gewissen Erfolg in diesem Metier zu betätigen – ein Erfolg, der überraschenderweise die Aufmerksamkeit maßgeblicher Kreise weckte, woraufhin sie ihm später eine »sehr vorteilhafte neue Beschäftigung« anboten, die genau solche Fähigkeiten erforderte.

Snakesman! Welchen Spaß hatte er als Junge gehabt, als ihm der Hintern halb aus der Hose gehangen hatte! Und weil er schlauer und cleverer gewesen war als die anderen Schlingel, war er zum König der Snakesmen aufgestiegen. Selbst die engsten Stellen waren nicht zu eng für ihn gewesen. Er war durch halb geöffnete Oberlichter geklettert und durch Lücken gekrochen, in denen ein erwachsener Mann stecken geblieben wäre. Anschließend musste er nur noch das Schloss der nächsten zur Straße gelegenen Tür knacken und die Einbrecher hereinlassen. Dafür bekam er die stolze Summe von sechs Pence und eine anständige Mahlzeit ...

Das Handwerkszeug

Wenn ein Snakesman nicht am Galgen baumeln wollte, musste er seine Arbeit so schnell wie möglich erledigen. Wie alle Schlangenmänner hatte Dodger einen Beutel mit kleinen Helfern, darunter:

* **Spanner:** wie ein L geformt, setzt den Schlosskern auf Spannung. Sogenannte Federspanner weisen an der Biegung des L eine Feder auf.
* **Halbdiamanten:** wie ein Dreieck geformt, was ihnen die Gestalt eines in der Mitte geteilten Diamanten verleiht. Für einzelne Stifte bestimmt. Dodger nahm bis zu drei dieser Stücke mit, wenn er in einem bestimmten Haus besondere Schwierigkeiten erwartete.
* **Hook:** mit einem Haken (Hook) am Ende, fürs Raken* bestimmt
* **Ball:** mit einem runden Ende
* **Rake:** wie die gewöhnliche »Schlange« dazu bestimmt, an den Stiften eines Schlosses vorbeizugelangen und sie zu bewegen. Ein Werkzeug für Anfänger und der einfachste Weg, ein Schloss zu knacken. Aber bei einem billigen Schloss genügte diese Methode oftmals.

---

* eine Lockpicking-Technik, bei der das Pickwerkzeug nicht nur wie beim »Harken« von hinten nach vorn gezogen, sondern auch von vorn nach hinten geschoben wird

Der große soziale Missstand

Viele junge Frauen kamen mit Träumen von einem neuen Leben ins »prächtige London«, doch wenn sie in Wapping Dock das Schiff verließen oder aus einer vom Land kommenden Kutsche stiegen, dauerte es nicht lange, bis ihre Träume zerplatzten. Die Armenviertel von Whitechapel verschlangen sie und spuckten sie wieder aus – meist wie Prostituierte gekleidet.

DER GROSSE SOZIALE MISSSTAND

Zeit: Mitternacht. Eine Szene keine hundert Meilen von Haymarket entfernt.
Bella: »Ah! Fanny! Seit wann bist du schon eine *Gay?*«[*]

[*] Zur viktorianischen Zeit bedeutete »Gay« nicht homosexuell, sondern bezog sich auf Prostituierte.

Dona Britannica Hollandia, oberste Herrin der sündigen Frauen

Mrs. Holland, selbst eine »Anrüchige«, überragte fast alle anderen in ihrem Viertel und ließ sich von Folgendem dabei helfen, die leichten Mädchen ihres Etablissements zu beschützen:

✳ Fallgatter, Wassergraben und Tor verhinderten, dass sich jemand herein- und wieder hinausschleichen konnte, ohne dass Geld den Besitzer wechselte.

✳ Ein großer, sehr kräftiger Mann an der Tür hielt unliebsame Besucher fern.

✳ Die vorteilhafte Lage am Fluss erleichterte es, gewisse Herren loszuwerden, die einem »Missgeschick« zum Opfer fielen oder die eine lange Reise übers Meer zu fernen Ländern antreten wollten.

Bordsteinschwalben?

Gutmenschen, die meisten mit christlichem Hintergrund, gingen zu den Londoner Brücken, wenn es Abend wurde, und hielten insbesondere nach jungen Frauen Ausschau, die sich aus Verzweiflung (vielleicht wegen einer Schwangerschaft) in den Tod stürzen wollten. Die glücklichen Damen bekamen oft nur eine Broschüre, die sie aufforderte, nicht mehr zu sündigen. Da aber sonst nur das Armenhaus winkte, konnte es geschehen, dass der Fluss noch etwas nachdrücklicher winkte.

BENGEL, SCHLINGEL, RANGEN
UND FRÜCHTCHEN

*Als Junge mit leerem Magen, dem der Hintern aus der Hose hing (für unsereins gab
es keine Unterhosen), war ich eins von vielen Schmuddelkindern auf den Straßen und
wie die anderen sofort bereit, loszulaufen, ein Pferd zu halten oder etwas zu verkaufen,
das ich aus dem Dreck gezogen hatte. Wenn das Leben auf einen pinkelt – oder
Schlimmeres –, sollte man versuchen, irgendwie das Beste daraus zu machen! Schlendern
Sie durch die Straßen und sehen Sie sich die Rangen an! List und Schalk liegen in ihren
scharfen Augen, aber wenn sich eine Gelegenheit bietet, sind sie gleich zur Stelle, um
sich den einen oder anderen Penny zu verdienen. Sie sammeln den Dung, den die Shire-
Pferde zurücklassen, die vor die Kutschen gespannt sind. Für die Kinder fällt er wie
Manna vom Himmel, denn sie können ihn eimerweise als Gartendünger in den feineren
Vierteln der Stadt verkaufen. Oft hört man sie auf der Straße rufen: „Nur zwei Pence
der Eimer, gut festgetreten!" Und Gott steh mir bei, da ist auch der Lumpensammler,
der nicht nur Lumpen sammelt. So sieht's aus: Im guten alten London hat alles seinen
Preis. Das gilt selbst für den Ruß. Das halten Sie für übertrieben? Einer der besten
Exportartikel unserer Stadt ist der Ruß. Die Bauern bringen ihn mit ihren Karren fort,
weil er gut für das Land ist. Meine Güte, manche Leute fälschen Ruß, indem sie
gewöhnlichen Staub nehmen und ihn schwarz färben. Aber selbst dieser Staub
hat seinen Wert, wenn er aus einem angesehenen Haus stammt. Jedes kleine Etwas
in dieser Stadt ist etwas wert. Sie können alte Frauen beobachten, die auf wund
gescheuerten Knien im Dreck nach Metallstückchen suchen. In London ist alles
und jeder zu verkaufen.*

Die Straßenkinder trieben sich überall herum und versuchten alles Erdenkliche, um am
Ende des Tages etwas in den Bauch zu bekommen:

* Sie verkauften Dinge ...
* Sie arbeiteten als Laufburschen und Schuhputzer, verteilten Theaterzettel oder Wer-
  bung ...
* Sie verdingten sich als angebliche Söhne oder Töchter von Bettlern, die keine eigenen
  Kinder hatten und das Mitleid der Wohltätigen erringen wollten ...
* Sie führten Kunststücke auf, z. B. Handstände, wenn ein Pferdebus vorbeifuhr, und
  manchmal warfen anerkennende Fahrgäste ihnen ein paar Münzen zu ...
* Sie sprachen herrschaftliche Fußgänger an und versuchten, sie zu unterhalten ...
* Sie hielten Pferde ...
* Oder sie fegten die Straßen ...

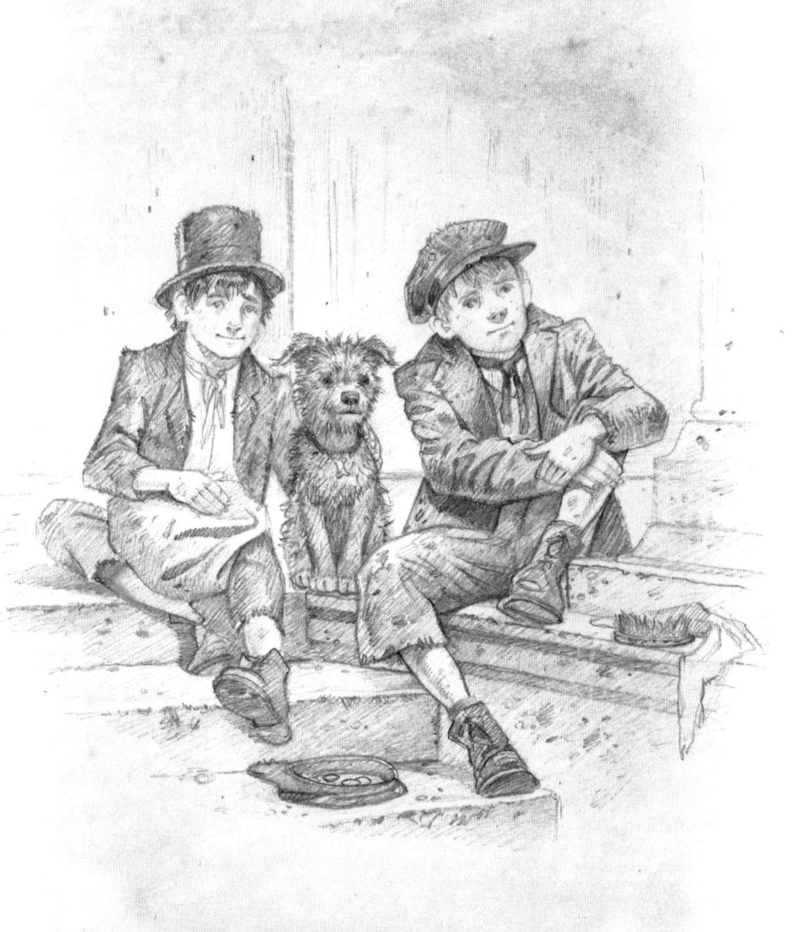

❧ Mädchen ❧

Auf den verkehrsreichen Straßen, insbesondere in den besseren Vierteln, in der Nähe von Theatern oder Wirtshäusern, hörte man oft die Rufe von jungen Mädchen, die Obst, Blumen und Kräuter aus Körben anboten. Sie kauften ihre Waren früh in Covent Garden und verkauften sie mit einem Gewinn von bis zu 6 Pence pro Tag, wenn das Glück auf ihrer Seite war.

Eine angehende kleine Mutter

War ein Mädchen groß genug, musste es sich um die jüngeren Kinder der Familie kümmern, oder es wurde ausgeliehen, um beim Herumtragen eines Säuglings zu helfen. (Falls
nicht schon eine Alte diesen Job ergattert hatte. Alte Frauen erreichten ihr Alter nicht,
ohne eine gewisse Schläue zu erwerben, und es war erstaunlich, wie flink diese Tantchen
werden konnten, wenn 6 Pence pro Woche in Aussicht standen.) Und welchen Sinn hatte
Bildung für ein Mädchen? Damit kam es im Leben nicht weit …

Was die Mutter betraf … auf die war nicht unbedingt Verlass.

»DAS RÄTSEL«

Das Mädchen hatte sich ganz offensichtlich verirrt. Es weinte bitterlich und konnte uns
nicht sagen, wo seine Eltern wohnten, ob es eine Waise war, was sein Vater machte oder
wo es zur Schule ging.

    Auftritt kluger Polizist.

Polizist (in einem freundlichen Flüstern): »Wo holt deine Mutter ihren Gin,
    mein Schatz?«   (Und damit war das Rätsel gelöst.)

⸺ ❧ Schlammkriecher ❧ ⸺

Bin zuerst ein Schlammkriecher gewesen. Das fällt Kindern leicht,
es liegt gewissermaßen in ihrer Natur. Sie wühlen im Schlamm am Fluss
und suchen nach Kohlestücken und anderem. Im Sommer ist das
nicht schlecht, im Winter allerdings kann's richtig mies werden …

Geschenke des Flusses

Wenn die Flut zurückging, schwärmten am Ufer ganze Horden zerlumpter Schlammkriecher aus und wühlten im Schlamm.

DIE THEMSE BEI EBBE

Wertvoller Abfall

Sehr begehrt waren Zigarrenstummel, denn ihr Tabak ließ sich trocknen und rauchen oder verkaufen. Manche Schlammkriecher sammelten sogar Hundekot, um ihn an Gerbereien zu verkaufen, die ihn für die Herstellung von Lederwaren verwendeten.

- Schlammkriecher waren vor allem Kinder, aber es gab auch alte Frauen, deren Rücken von Alter oder Krankheit krumm geworden war. Sie suchten im Schlamm nach Kohlebrocken oder anderen Dingen, von denen sie sich den einen oder anderen Penny erhofften.
- Vom Hinrichtungsdock in Wapping bis nach Limehouse Hole gab es 14 Treppen oder Anlegestellen, wo Schlammkriecher das Ufer erreichen konnten.
- Bei besonders beliebten Treppen wühlten täglich manchmal 40 bis 50 Schlammkriecher im nassen Dreck.
- Schlammkriecher landeten oft wegen Gelegenheitsdiebstählen im Gefängnis, wo sie es bequemer hatten als draußen.

Am Fluss zu arbeiten, war keine leichte Aufgabe.

»Vor etwa zwei Jahren verließ ich die Schule und arbeitete als Schlammkriecher am Fluss, sammelte Kohlebrocken und Metallstücke, Eisen und Kupfer, gelegentlich auch Segeltuchfetzen vom Grund des Flusses oder Treibholz … Wenn die Kahnführer Kohle hieven, die von den Kähnen an Land gebracht werden soll, fallen immer einige Stücke ins Wasser und wir holen sie anschließend aus dem Schlamm … Die meisten Schlammkriecher sind gute Schwimmer. Wenn ein Kahnführer sie auf seinem Schiff erwischt, wirft er sie oft ins Wasser, und dann schwimmen sie an Land, ziehen dort ihre nasse Kleidung aus und trocknen sie. Manchmal werden sie von der Polizei mitten auf dem Fluss geschnappt und über Bord geworfen. Ich bin zweimal von einem Polizeiboot verfolgt worden.« — Henry Mayhew, *Die Armen von London*

Nach einem Bericht in *The Era* vom 11. Juli 1841 übertrieb es eine berüchtigte Schlammkriecherin mit dem »Sammeln«, indem sie Kohle von Kähnen an den Anlegestellen stahl. Sie warf die Kohlebrocken in den Fluss und schmierte Schlamm darauf, damit es so aussah, als hätte sie sie am Ufer gefunden. Als die Flusspolizei sie festnehmen wollte, leistete sie Widerstand und wälzte sich im Schlamm, weil sie wollte, dass die Beamten genauso schmutzig wurden wie sie.

Während meine Kumpel und ich aufwuchsen, war ein voller Bauch immer der Lohn für ein gutes Tagewerk Betteln, Stehlen oder Arbeit (wenn es sich nicht vermeiden ließ). Und spielte es eine Rolle, wenn das Fleisch in der Pastete von „dubioser Herkunft" war? Solomon hielt gar nichts vom Verzehr zweifelhafter Nahrungsmittel, und deshalb war bei mir dort Schluss, wo ich etwas festnageln musste, damit es nicht weg- lief. Aber es ist erstaunlich, was manche Leute so alles fälschen. Es gibt z. B. falsche Orangen und Bananen: Sie sehen gut und appetitlich aus, wenn man sie kauft, aber am nächsten Tag erkennt man den Burschen nicht wieder, der sie verkauft hat.

HABEN SIE'S GEWUSST?

➤ Die meisten Niemande, die Dodger kannte, lebten von Tee und Brot oder von Brot und Fett, mit einem gelegentlichen Hering als besonderem Leckerbissen.

➤ Bei einem verheirateten Paar, dem es gut ging, kamen zur Hauptmahlzeit gute »Block Ornaments« (Blockornamente) auf den Tisch: Fleischstücke wie Kutteln oder Kuhhufe.

➤ Viele Straßenleute besuchten fürs »Abendessen« den Bierladen.

➤ Bier kostete etwa drei Pence der Krug (zwei Pints), wenn man den eigenen Krug mitbrachte.

Codswallop!

Woher kommt der Ausdruck »It's a load of old Codswallop« (Das ist ein Haufen Stuss)? Er geht auf eine Flasche für kohlensäurehaltiges Mineralwasser zurück, die der Erfinder Hiram Codd um 1880 entwickelte. Der Hals von Codds Flasche enthielt eine Dichtung und eine Murmel, und wenn die Flasche mit »wallop« (hier ist Wasser gemeint; später Slang für »Bier«, Bölkstoff) gefüllt wurde, drückte das Gas im Wasser die Murmel in die Dichtung und versiegelte die Flasche. Und wenn sie leer war ... Nun ja, mit den Murmeln konnte man einigen Unfug treiben, nachdem die Flaschen zerbrochen waren.

Dodger aß besser als die meisten, verstand es doch sein Mentor Solomon, aus einem zä- hen Stück Rindfleisch sowie einer Handvoll Gemüse einen wahren Gaumenschmaus zu zaubern. Er hatte Dodger nie viel von seinen Reisen erzählt, aber offenbar hatte er unter- wegs gelernt (und »unterwegs« bedeutete »auf der Flucht«, denn Solomon wurde gleich in mehreren Ländern gesucht), aus nur wenigen Zutaten äußerst Schmackhaftes zu ko- chen. Und auch bezüglich der Regeln, die ein Jude beachten musste, *flexibel* zu sein ...

Allerdings, was sich *im* Essen befand, konnte durchaus Anlass zu Sorge geben:

In einem Restaurant ...

SCHLIMM

Eleganter älterer Gentleman: »Ob es mir geschmeckt hat? Nein, es hat mir nicht geschmeckt. Also geben Sie die Reste meines Essens lieber nicht der Katze. Da sie zweifellos als Pastete enden wird, sollte sie besser eines natürlichen Todes sterben und nicht vergiftet werden.«

An der Tür ...

»Ganz frisch, gnä' Frau!!! Forellen ernähren sich von Insekten, und die Fliegen glauben noch zu leben. Sehen Sie, wie sie über dem Fisch schwirren, als schwämme er noch im Fluss.«

(Urteil: Ein ziemlich alter Fisch.)

DIE KUNST DES VERSCHNEIDENS

Kleines Mädchen: »Bitte, Sir, meine Mutter möchte ein Viertelpfund von Ihrem besten Tee, um die Ratten zu vergiften, und eine Unze Schokolade, um die Käfer zu vertreiben.«

Ein mumifiziertes Herz zum Mittagessen?

Ein viktorianischer Exzentriker namens Dr. William Buckland wurde bekannt für die bizarren Substanzen, die er zu sich nahm, darunter eine Mahlzeit aus Elefantenrüsseln, einen Krug Fledermausurin … und das mumifizierte Herz von König Ludwig XIV.

Möchten Sie eine Auster und warme Eselsmilch zum Nachspülen? Wie wär's mit einer eingelegten Schnecke? Wenn Sie Hunger haben, können Sie einen der Imbissstände besuchen, die kleine Snacks anbieten, z. B. heiße Aale, Schafsfüße, Pflaumen-»Pudding«, Muffins und Teekuchen. Dodger und seine Freunde spülten ihren Fraß mit Limonade oder mit Wasser hinunter, wenn es nichts anderes gab.

 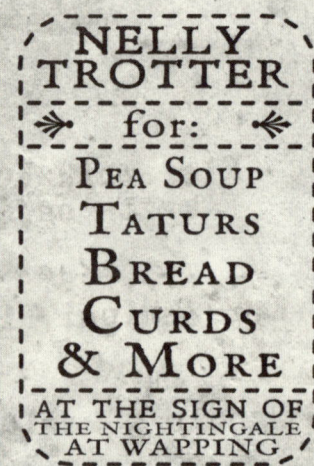 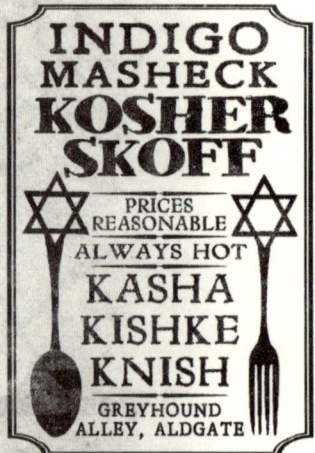

Suppe, bekömmliche Suppe … eine Kelle Entdeckungen für nur zwei Pence!

Dodger hatte eine Schwäche für Marie Jo, eine Frau, die einmal mit einem Franzmann verheiratet gewesen war (was er ihr allerdings nicht zur Last legte). Sie betrieb eine Bude, die Suppe verkaufte und mit einer Regelmäßigkeit öffnete, die sich mit dem Läuten der Bowglocken vergleichen ließ. Und er konnte ihrer Suppe trauen …

Zugegeben, manchmal kam ein bisschen was vom Pferd hinein, aber das war so eine typische Franzmann-Vorliebe, und eigentlich bedeutete es nur, dass die Suppe noch nahrhafter war.

Gebackene Kartoffeln

* Kartoffeln wurden beim Bäcker in großen Büchsen gebacken und dann in Körben zum Markt getragen, wo man sie in Töpfen über heißem Wasser warm hielt.
* Manche Leute mit mehr Geld als Hunger kauften sie im Winter, nur um sich die Hände zu wärmen.
* Die Verkäufe ließen nach, wenn es neblig war. Dann konnten die Leute die Kartoffeln nicht mehr richtig sehen und befürchteten, dass sie halb verfault waren.

»Wenn sich der Nebel wie eine Wolke herabsenkt, sehen sich die Kunden meine Kartoffeln sehr misstrauisch an. Seit der Kartoffelfäule sind sie noch argwöhnischer geworden ... Ich verdiene etwa 12 bis 15s die Woche – ich weiß es kaum, denn ich habe nur mich selbst und achte nicht auf die Zeit. Das Geld verschwindet, man weiß nicht wie, vor allem dann, wenn man gelegentlich einen Tropfen trinkt, so wie ich. Nebliges Wetter treibt mich dazu, tut mir leid.« — Henry Mayhew, *Die Armen von London*

Pasteten mit Aal, Rind oder Hammel! Penny-Pasteten, frisch und heiß!

Pasteten waren Wundertüten besonderer Art, wie die Pastetenverkäufer selbst zugaben. »Wenn ich Häuser betrete, beginnen die Leute oft zu jammern und zu wehklagen«, vertraute ein Mann einmal Dodgers Freund Henry Mayhew an.

HABEN SIE'S GEWUSST?

- ✦ Jedes Jahr wurden auf Londons Straßen etwa 750 000 Pasteten verzehrt.
- ✦ Die Pastetenläden schadeten dem Straßenverkauf ungemein, boten sie doch für einen Penny größere Pasteten an als die Straßenhändler.
- ✦ Ein Londoner Pastetenverkäufer verdiente durchschnittlich 8 Schillinge die Woche.

Den Pastetenbäcker werfen: »Eine Pastete gewinnen! Werfen oder kaufen!«

Wenn genug Bier geflossen war, gab es eine Möglichkeit, eine Pastete zu gewinnen – indem man den Pastetenbäcker warf. Wenn der Pastetenbäcker gewann, verdiente er den Penny, ohne dafür eine Pastete aushändigen zu müssen. Verlor er, so bekam der andere eine Pastete. Junge Burschen liebten solche Wetten, und manchmal warfen sie den Pastetenmann, obwohl sie gar keine Pastete wollten. Wenn sie gewannen, warfen sie manchmal auch die Pastete – nach einem ihrer Trinkkumpane oder nach dem Pastetenmann.

Und wenn einem der Sinn nach Erlesenerem stand ...

»Manche Straßenlokale servieren heiße grüne Erbsen in Teetassen. Die Besonderheit dieser Form von leichter Erfrischung besteht in der Verschwendungssucht der Gäste in Bezug auf Essig und Pfeffer. Beides steht kostenlos zur freien Verfügung.« — *Living London* (In London leben), George R. Sims (1901)

Smithfield-Markt

Mehr als eine Million Schweine wurden pro Jahr auf dem Smithfield-Markt verkauft, obwohl die Wochenmärkte hauptsächlich Rindern und Schafen vorbehalten waren. Mehr als 220 000 Rinder und 1 500 000 Schafe wurden jedes Jahr durch die schmalen Straßen zum Markt getrieben.

Tage:
Montag: Rinder und Schafe
Dienstag, Donnerstag und Samstag: Heu und Stroh
Freitag: Rinder und Schafe; von 14:00 Uhr an Pferde und Esel

HABEN SIE'S GEWUSST?

➤ Geschäfte wurden per Handschlag besiegelt, und bezahlt wurde immer in bar.
➤ Das Hauptereignis im Jahr war die große Viehausstellung im Dezember.
➤ Man brachte das Vieh überall dort unter, wo noch ein Fleckchen frei war, und ging dabei nicht sonderlich zimperlich zu Werke: Den Tieren wurde auf Hörner und Beine geschlagen. Später trugen viktorianische Aktivisten zur Verbesserung der Bedingungen bei.

DER LETZTE TAG DES ALTEN SMITHFIELD-MARKTS

Billingsgate-Markt

Lachs, Kabeljau, Schellfisch, Seezungen, Makrelen, Heringe, Bücklinge, Aale, Weiß-fisch, Scholle, Steinbutt, Glattbutt, Meeräsche, Austern, Krabben, Hummer, Garnelen, Shrimps … Die gewaltigen Mengen an Fisch, die zum Billingsgate-Markt gebracht und dort verkauft wurden, waren erstaunlich – genug, damit jeder Londoner zweimal am Tag hätte Fisch essen können.

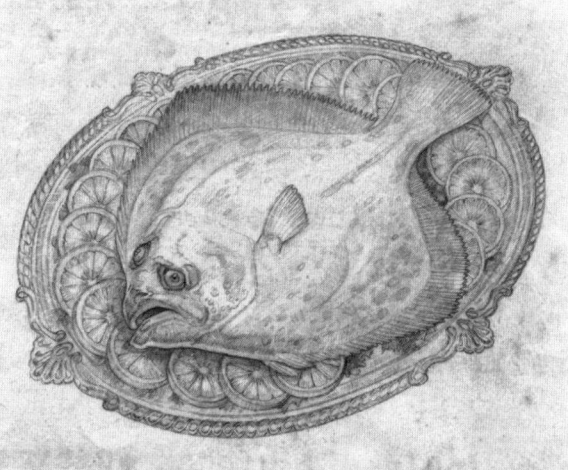

»Was in aller Welt wird aus den Schalen von fünfhundert Millionen Aus-tern und den harten roten Krusten der eins Komma acht Millionen Hummer und Krabben?« – Viktorianischer Kommentator in: *London Characters and the Humorous Side of London Life* (Londoner Originale und die humorvolle Seite des Londoner Lebens) von W. S. Gilbert (um 1870)

HABEN SIE'S GEWUSST?

➤ Der ursprüngliche Name von Billingsgate lautete Blynesgate und dann Byllyns-gate. Angeblich bezieht er sich auf den Eigentümer der Anlegestelle, an der die Waren an Land gebracht wurden.

➤ Erst im 16. Jahrhundert spezialisierte sich der Billingsgate-Markt auf Fisch.

➤ 1877 wurde der Markt neu erbaut: zweimal so groß wie vorher, 30 000 Quadrat-fuß unter einem Glasdach.

➤ Eine spezielle Maschine wurde installiert, um Abluft durch einen Luftschacht nach draußen zu pumpen. Sie verwendete einen Zentrifugalvorgang und konnte 50 000 Kubikfuß nach Fisch stinkender Luft in der Minute bewegen.

Die Buden und Stände verkauften Milch und Limonade, aber für einen durstigen Geezer gab es nur ein Ziel: den Pub. Ein Pint Porter kam oft einer Mahlzeit gleich. Zu viele Pints konnten dazu führen, dass man draußen auf die stinkende Straße fiel. Das war aber immer noch besser, als Wasser zu trinken, denn das konnte einen ins Grab bringen.

> »Wer einen Becher vom Londoner Wasser trinkt, hat mehr lebende Geschöpfe im Magen, als es Männer, Frauen und Kinder auf Erden gibt.« — *Sydney Smith, anglikanischer Geistlicher*

Diphtherie Skrofulose   *Cholera*

MUTTER THEMSE PRÄSENTIERT IHRE KINDER DER SCHÖNEN STADT LONDON
(Entwurf für ein Fresko im neuen Parlamentsgebäude)

HABEN SIE'S GEWUSST?

➤ Auf Wanderausstellungen konnten die Londoner durch ein Mikroskop in ein Glas Flusswasser blicken und unzählige winzige Tierchen darin entdecken. Dieser Umstand bewies angeblich – den Standpunkt vertrat der Ausstellungsleiter –, von welch hervorragender Qualität das Wasser war, da es den kleinen Geschöpfen darin so gut ging.

➤ Als Königin Victoria den Thron bestieg, erlebte nur die Hälfte von Londons Kindern den fünften Geburtstag. Eine große Zahl früher Todesfälle ging auf die Cholera zurück, die sich im schmutzigen Wasser ausbreitete.

DER STILLE STRASSENRÄUBER
»GELD oder LEBEN!«

Wenn selbst den Ratten Bier lieber ist

Die schlechte Nachricht lautete, dass Wasser schlecht für die Gesundheit war, aber Dodger kannte auch die gute Nachricht, die da lautete: Bier war gut für die Gesundheit! Selbst die Ratten bewiesen die kräftigende Wirkung von Bier, denn die Brauereiratten waren die größten und stärksten in der Londoner Kanalisation. Die Rattenfänger bekamen mehr Geld für sie, weil sie sich so sehr zur Wehr setzten.

Das große britische Pint

* Im Oktober 1814 platzte in St. Giles, England, ein Brauereitank, der 3500 Fässer Bier enthielt. Eine wahre Flut aus Bier ergoss sich durch die Straßen, zerstörte zwei Häuser und forderte neun Tote. (Wahrscheinlich gab es weitaus mehr Leute, die stockbetrunken waren.)

* Es war gang und gäbe, morgens zum Frühstück Bier oder Wein zu trinken.

* »On the wagon« (auf dem Wagen) ist ein populärer Begriff, der so viel wie »trocken« oder »enthaltsam« bedeutet. Mit anderen Worten: Der Ausdruck bezieht sich auf einen Menschen, der keinen Alkohol mehr trinkt. Aber wussten Sie, dass die Redensart auf die Praxis zurückgeht, einem Gefangenen auf dem Weg zum Galgen in Tyburn ein letztes Bier zu gestatten? Wenn jemand den Verurteilten ein zweites Bier bezahlen wollte, lehnte der Wächter dies mit dem Hinweis ab, dass der Gefangene »auf den Wagen« musste.

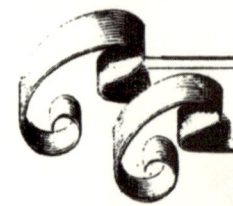

KLEIDER MACHEN LEUTE

Wie die meisten mir bekannten Leute hielt ich Klamotten nur für einen Notbehelf,
um trocken und auch warm zu bleiben. Wenn man richtig schick aussehen will …
Na ja, dafür gibt es die Gebrauchtläden. Aber dann zeigte mir Solomon die Welt der
feinen Garderobe, die ganz neu für mich war. Ein Schneider mag immer ein Schneider
bleiben, und der Rest ist Glanz, aber in diesem Fall glänzte der Glanz auf besondere
Weise und sagte: „Hier ist jemand mit Geld!" Und dann die Unterhosen!
Meine Weichteile wussten es zu schätzen, wie ein feiner Pinkel gekleidet zu sein …

Die besten besseren Leute kauften ihre Klamotten in Läden, die alles anboten, was ein
Gentleman brauchte. Und diese Gentlemen hielten ihre Kleidung offenbar für eine sehr
ernste Angelegenheit …

SEHR BEDAUERLICH

»Haben Sie die Polizei gerufen, Sir?«
Stenz (der eher stürbe, als seinen steifen Kragen zu bewegen): »Ja. Bedauerlicherweise habe ich meinen
  Regenschirm fallen gelassen, und im Umkreis von einer Meile gibt es keinen Bengel, der ihn aufheben
  könnte. Wären Sie so freundlich?«

Ein Mann, der sonst in bestickten Pantoffeln oder alten Stiefeln herumlief und sich in abgewetzten schwarzen Gabardine kleidete, hatte sich plötzlich in einen zwar altmodischen, doch sehr eleganten Gentleman verwandelt, der eine feine schwarze Wolljacke, eine dunkelblaue Hose, lange dunkelblaue Strümpfe und alte, aber sehr gepflegte Schuhe mit funkelnden silbernen Schnallen trug ...

Solomons Weisheit: »Pferdeurin ist gut für die Reinigung von Kleidung – eine Tatsache, die nicht jeder zu schätzen weiß, wenn auch allen sein fruchtiger, an Apfelmost erinnernder Geruch bekannt ist.«

Mit Röntgenstrahlen durch die Unterwäsche

Als Wilhelm Röntgen 1895 die dann nach ihm benannten Röntgenstrahlen entdeckte, verbreitete sich die Furcht, dass Spanner und Voyeure die neue Technik für ihre Zwecke nutzen könnten. Händler sahen eine neue Einkommensquelle und boten »röntgenstrahlensichere Unterwäsche« an.

HABEN SIE'S GEWUSST?
Manche viktorianischen Gentlemen benutzten die Knochen eines Dachspenis als Krawattenhalter.

Nicht unbedingt das Beste vom Besten

Für die Nicht-Aristos – also für die meisten – rangierte Kleidung ziemlich weit unten auf der täglichen Prioritätenliste. Schließlich kann man einen Hut nicht essen (obwohl manche Leute es mit Stiefeln versucht haben). Wenn sich ein Geezer in Schale werfen wollte, ging er in einen Gebrauchtladen: Pfandhäuser und Secondhandläden ohne Lizenz, die einen von Kopf bis Fuß mit halbwegs guten Sachen einkleiden konnten, und zwar für nur einen Schilling, Stiefel inklusive. Oder noch weniger, wenn Solomon Cohen das Handeln übernahm.

Den Handel mit gebrauchter Kleidung betrieben vor allem die Juden in East End. Ganze Schneiderfamilien nähten, säumten und erneuerten Kleidung, die von vier oder fünf Vorbesitzern getragen worden war.

Ein Hut für jeden Kopf

Für jeden gab es irgendeinen Hut: einen viereckigen für einen Drucker; eine Ledermütze für einen Tosher, der sich an der Decke eines niedrigen Tunnels den Kopf nicht anschlagen wollte; einen verstärkten Hut für einen Peeler – und ein Käppchen für Solomon und seine Landsleute.

UNTERWEGS SEIN

Zweifellos sind die Straßen ein bisschen schmutzig. Die Kanalisation ist an vielen Stellen offen, und die Leute achten nicht sonderlich darauf, was sie wegwerfen. Hinzu kommt, dass überall Pferde unterwegs sind, und wir wissen ja, was sie zurücklassen. Dies alles führt zu dem einen oder anderen Abenteuer, wenn man unterwegs ist. Sowohl eine Mütze als auch ein ordentliches Paar Stiefel sind oft eine gute Empfehlung, wenn man durch die Gassen eines Armenviertels gehen will.

In den Londoner Kaminen wurde so viel Kohle verbrannt, dass der durch Gassen und über Höfe wogende gelbe Nebel den Leuten oft die Sicht nahm und sie Gefahr liefen, völlig die Orientierung zu verlieren. Selbst der Regen führte einen aussichtslosen Kampf gegen die vielen Schichten Schmutz; meist bahnte er sich einen Weg durch die staubige und rußige Luft, um auf den Straßen abzulegen, was durch die Schornsteine nach oben gestiegen war. Solche »Waschküchen« waren ein Segen für Taschendiebe und jene leichten Mädchen, die ihre beste Zeit hinter sich hatten. Der arglose Wanderer aber drohte in ein Loch zu fallen – oder in den Fluss.

⸺ Zwei Räder: eine neue Art der Fortbewegung ⸺

Nun, die Benutzer wurden ganz schön durchgerüttelt. 1865 erschien ein zweirädriger Apparat aus Holz mit Metallreifen auf den Londoner Straßen. Einige der feinsten Leute waren zu beobachten, wie sie im Hyde Park mithilfe dieser Vorrichtung Runden drehten, die bald »Knochenrüttler«* genannt wurde. Besonders unangenehm wurde die Fortbewegung auf Kopfsteinpflaster, wie Dodger zu Ohren kam. Entsprechende Geräte mit Gummireifen erschienen später, und die Vorderräder wurden immer größer. Die Rede ist vom Fahrrad.

HABEN SIE'S GEWUSST?

➤ Die ersten Fahrräder kosteten so viel, wie ein junger Mann mit bescheidenem Einkommen in einem halben Jahr verdiente.

➤ Der Fahrradfahrer saß sehr hoch, und wenn das Vorderrad in einer Rille feststeckte, dann fiel er manchmal über den Lenker. Daher kam der Ausdruck »take a header«, einen Kopfsprung machen.

---

* boneshaker; im Deutschen »Klapperkiste« oder »Drahtesel«

Für Anstand sorgen

Für Damen, die sich aufs Fahrrad wagten, gab es einen speziell geneigten Sattel, damit sich ihr Kleid beim Aufsteigen nicht verfing. Einige Schneider boten ein »sicheres Fahrradkleid« an.

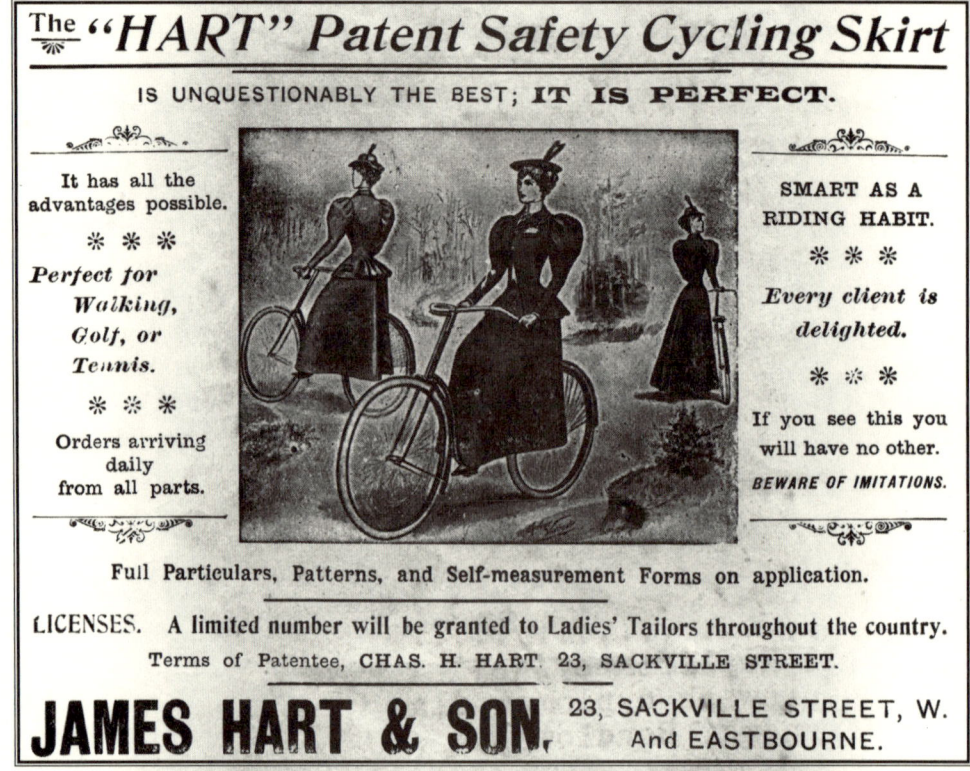

Fährleute

Fährleute waren die »Taxifahrer« von London. Sie boten ihre Dienste auf beiden Seiten des Flusses an und setzten ihre Fahrgäste über die Themse.

Geld für Leichen

Die Fährleute verdienten zusätzliches Geld, indem sie Leichen aus dem Fluss holten. An Fischhaken zogen sie die Toten zum Coroner des nächsten Bezirks, wo sie eine Belohnung für jeden Leichnam bekamen.

Doggetts Wette

Neue Fährleute konnten ihre Kraft beweisen, indem sie an dem jährlich stattfindenden »Doggett's Coat and Badge«-Ruderwettkampf teilnahmen, der von London Bridge nach Chelsea führte, über eine Strecke von 4 Meilen und 5 Achtelmeilen. Der Gewinner bekam eine sehr begehrte rote Jacke und ein silbernes Abzeichen. Die erste Regatta fand 1715 statt, und dank des Testaments von Thomas Doggett, eines Drury-Lane-Komödianten[*], ist es die älteste Einer-Regatta der Welt.

---

[*]   Drury Lane: Theater in London

Für lange Reisen – z. B. bis nach Bristol – war die Kutsche das erforderliche Transport-mittel. Die angeberischsten Herren hatten ihre eigenen Kutschen, oft mit persönlichem Wappen und eleganten Kutschern.

Für kurze Strecken waren Droschken geeigneter als Kutschen. Das Fahren einer Droschke galt oft als leichte und aufregende Arbeit für einen jungen Mann, aber die Wirklichkeit sah anders aus, denn Droschkenkutscher arbeiteten sehr lange.

* Langtag-Männer waren 16–20 Stunden pro Tag unterwegs. Für gewöhnlich hatten sie zwei Pferde und wechselten sie am späten Nachmittag.
* Morgen-Männer begannen ihren Tag um 7 und arbeiteten durch bis um 6 Uhr abends (also etwas länger als nur den Morgen!). Sie hatten nur ein Pferd.
* Kurznacht-Männer arbeiteten von 6 Uhr abends bis um 6 Uhr in der Früh.

* »Bucks« waren nicht lizenzierte Droschken. Ihre Fahrer hatten die Lizenz verloren, weil sie zu viel tranken, was nicht unbedingt als löbliche Gewohnheit galt, wenn man mit Pferd und Wagen auf den verkehrsreichen Londoner Straßen unterwegs war. Sie warteten in der Nähe von Droschkenständen, um einspringen zu können, z. B. dann, wenn ein Langtag-Mann Pause machte und etwas aß.

Wie in solchen Situationen üblich, gab es manchmal Streit um den Fahrpreis. Dodger bezahlte einmal eine Fahrt allein mit seiner Unterschrift, und Solomon konnte so gut handeln, dass der Droschkenkutscher ganz vergaß, eine Entlohnung für die Fahrt zu verlangen.

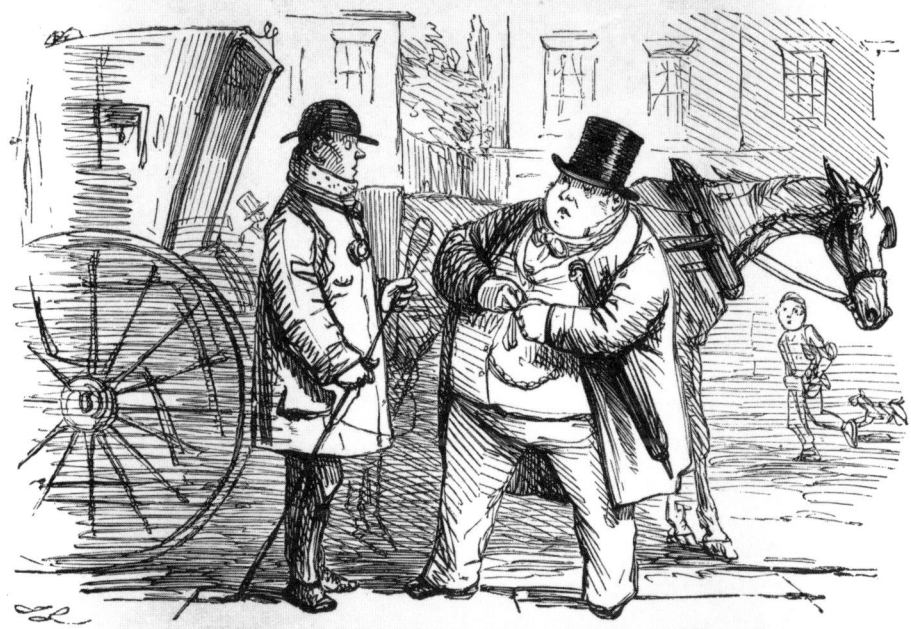

EINE UNVERNÜNFTIGE BESCHWERDE

Empörter Fahrgast: »Was? Einen Schilling für die beiden Meilen, und Sixpence obendrein? Halten Sie mich etwa für eine doppelte Person?«

Droschkenkutscher: »Nein, so was! Käme mir nie in den Sinn.«

Solomons Weisheit: »Ich habe nie richtig verstanden, warum diese Männer ihren Kunden gegenüber so feindselig sind. Man sollte meinen, dass sich die Arbeit eines Kutschers vor allem für Leute eignet, die Menschen mögen, oder?«

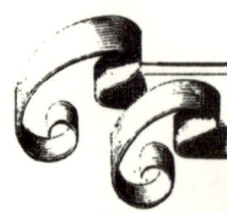

WASCHEN UND SCHRUBBEN

*Früher dachte ich, mir hin und wieder 'n bisschen Wasser ins Gesicht
zu spritzen, würde genügen. Aber der Typ, bei dem ich wohnte, der alte Sol,
ließ keinen Zweifel daran, als ich einen Schlafplatz in seiner Bude bekam:
Mehr Reinlichkeit war erforderlich, wenn ich bei ihm bleiben wollte.
Sol meinte, dass häufigeres und gründlicheres Waschen auch ein Weg
zu besserer Gesundheit war, und er musste es wissen, war er doch schon ziemlich alt
und einer vom auserwählten Volk. Vermutlich lohnte es, auf ihn zu hören.
Und eins stand fest: Wenn ich nach dem Toshen aus der Kanalisation kam,
roch ich nicht unbedingt nach blühenden Veilchen.*

——❧ Eine römische Göttin ❧——

Die Londoner Kanalisation ging auf die Römer zurück, die das Regenwasser zum Fluss
abgeleitet hatten. Gewöhnliche Häuser besaßen keine Toiletten. Nachttöpfe wurden auf
die Straße entleert (nicht selten auf die Köpfe unglücklicher Passanten), und Jauchegru-
ben nahmen den Rest auf. Sie sollten es zumindest …

Heutzutage legten feine Pinkel hier und dort Leitungen von den
Senkgruben zu den Abwasserkanälen, und das hielt Dodger für
richtig fies. Mit den Ratten hier unten war es schlimm genug,
auch ohne dass er ständig darauf achten musste, in keinen Haufen
(einen »Richard«) zu treten, der manchmal auch wie eine Wurst
aussah, allerdings kaum damit verwechselt werden konnte – der
Geruch war Warnung genug.

HABEN SIE'S GEWUSST?

Der Name des armen, alten Richard III. reimte sich gut auf ein interessantes Wort,
und so wurde »Richard« im Englischen ein Synonym für eine Hinterlassenschaft,
in die man nicht unbedingt hineintreten möchte. Es stellt sich die Frage, warum
ausgerechnet Richard III. dafür ausgesucht wurde. Warum nicht Heinrich III.
oder Eduard III.?

Cloacina

Die Römer kannten viele Götter und Göttinnen – und die Göttin von Londons Abwasserkanälen hieß Cloacina. Man fand Statuen von ihr in der Kanalisation. Die Römer beteten zu ihr und baten, wenn sie aufs Klo gingen, um ein, äh, glattes Geschäft.

»O Cloacina, die du wachst über diesen Ort,
Empfang die Bittsteller lächelnd in deinem Hort.
Weich, aber im Ganzen nimm ihre demüt'gen Gaben,
Lass sie nicht zu schnell sein noch langsam darben.«

Dodger kannte Cloacina als »die Lady«. Er hatte sie nie gesehen, wusste aber, wie sie aussah. Jedem Tosher war sie vertraut: eine schöne Frau mit glänzendem Kleid und Rattenkrallen an den Zehen. Wem sie ihre Gunst erwies, dem biss sie angeblich in den Hals, damit ihre Ratten die Betreffenden in Ruhe ließen. Und immer war sie von ihrer Gemeinde umgeben: Ratten, Ratten und noch mehr Ratten.

»Wer auf eine Ratte tritt, tritt auf das Gewand der Lady.« – *Redensart der Tosher*

HABEN SIE'S GEWUSST?

➤ Rattenzähne sind härter als Eisen.

➤ Eine Ratte kommt länger ohne Wasser aus als ein Kamel.

➤ Wenn sich die Schwänze vieler Ratten verheddern, kann ein *Rattenkönig* aus ihnen werden. Der größte bekannte Rattenkönig bestand aus 32 mumifizierten schwarzen Ratten, die 1828 an einer Feuerstelle in Deutschland gefunden wurden.

➤ Ratten verzehren etwa 10 Prozent ihres Körpergewichts an Nahrung pro Tag.

➤ Eine Gruppe von Ratten nennt man Unheil.

»Wer diesen Gestank einmal eingeatmet hat, vergisst ihn nie wieder.« So beschrieb eine Zeitung den Geruch des Flusses.

Sommer 1858: Londons Gestank stieg allen in die Nase, denn Hitzewelle und Dürre sorgten dafür, dass *nichts* weggespült wurde. Auch die feinen Leute litten (das Parlament musste geschlossen werden), und es wurde klar, dass etwas getan werden musste.

Joseph Bazalgette (1819–1891) – ein Mann mit Schnurrbart und Theodolit

Ausgestattet mit modernem Gerät, wasserdichten Stiefeln, einer entbehrlichen Hose sowie einem besonders spektakulären Schnurrbart, begab sich Joseph Bazalgette in die Kanalisation (bei einer Gelegenheit zusammen mit Dodger, der ihm seine Welt zeigte). Es war ein Erlebnis mit Folgen: Er wurde Chefingenieur der »Metropolitan Commission of Sewers«, der Londoner Kommission für Kanalisation.

HABEN SIE'S GEWUSST?

➤ Bazalgette baute 5 große, neue Abwasserkanäle mit einer Länge von 82 Meilen, verborgen von Uferdämmen entlang der Themse und verbunden mit noch immer vorhandenen Kanälen.

➤ Für die Auskleidung der Tunnel verwendete er 318 Millionen Ziegelsteine.

➤ 3,5 Millionen Kubikyard Erde mussten bewegt werden.

➤ Insgesamt baute und reparierte Bazalgette 1300 Meilen Abwasserkanäle.

Dein Land braucht dich – damit du pinkelst!

Bazalgette schlug vor, an bestimmten Orten in London öffentliche Toiletten einzurichten und dort den Urin zu sammeln, um ihn anschließend zu verkaufen. Alle sollten eine Art »Pinkelsteuer« zahlen, um die Wirtschaft der Stadt anzukurbeln.

S(t)inken oder schwimmen

Stellen Sie sich vor, in ungeklärten Abwässern zu ertrinken! Im September 1878 erging es 800 Personen so, den Passagieren der *Princess Alice,* die von einem fröhlichen Tag auf dem Meer zurückkehrten und bei Barking mit einem anderen Schiff zusammenstießen, gerade als zwei große Rohre ihr Abwasser in den Fluss strömen ließen. Bazalgettes Abwasserrohre übergaben ihren stinkenden, klumpigen Inhalt bei Barking Reach dem Fluss, 20 Meilen vom Meer entfernt (sehr zum Bedauern der Menschen, die in diesen 20 Meilen am Flussufer wohnten). Im fauligen Schlamm sank die *Princess Alice* in weniger als fünf Minuten.

Ich bin nicht gern in einem Boot. Ist nicht gut für einen, das viele Wasser. Wenn man seine Zeit mit Toshen verbringt, mag man Wasser nicht mehr so gern …

Dort unten, *unter* den Füßen von London, krochen Tosher wie Dodger durch die Tunnel und suchten im Schlamm nach Münzen oder Schmuck. Sie ließen sich von Erfahrung leiten, manchmal allein von ihrer Nase, für etwa 6 Schillinge pro Tag – viel Geld in den Armutsvierteln und hoffentlich genug für einen Tosher, um sich eine neue gebrauchte Hose zu kaufen.

Für Dodger war das Toshen keine Arbeit, sondern sein *Leben,* und die Kanalisation zählte zu seinen Lieblingsplätzen. Bestimmte Bereiche trugen einprägsame Namen: Mahlstrom, Schlafzimmer der Königin, Goldener Irrgarten, Sovereign Street, Hiergeht'srund, Atme Leicht, Grotte und Flüsterkammer.

HABEN SIE'S GEWUSST?
Die Kanalisationstunnel waren meistens kaum mehr als 110 Zentimeter hoch.

EIN TOSHER IN DER KANALISATION

Der Traum des Toshers

Ruhm? Nein. Ein Vermögen? Ja! Wenn er an die Lady glaubte und geschickt genug war, fand ein Tosher eines Tages vielleicht den Schatz am Ende des ... regenbogenfarbenen Abwasserschlamms, den legendären *Tosheroon*, mit dem der glückliche Tosher für den Rest seines Lebens ausgesorgt hätte. Aber wer die Lady beleidigte, der verließ die Kanalisation eher mit »Richards« (Haufen) an den Stiefeln als mit Gold in den Taschen.

»Kein schlechter Beruf, aber nicht für jemanden, der sich ein langes Leben erhofft.« – *Charles Dickens zu Dodger*

»Tosher sterben jung. Was wäre sonst von Männern zu erwarten, die ihr halbes Leben damit verbringen, im Dreck zu wühlen? Jüdische Tosher gibt es nicht – ein Tosher kann nicht koscher leben.« – *Solomon*

Ersticken oder sterben?

Für Tosher gab es im Grunde genommen zwei Möglichkeiten: Sie krochen durch die Tunnel und fanden genug, um sich ihren Lebensunterhalt zu verdienen, oder sie krochen durch die Tunnel und starben. Als es nach 1840 verboten war, ohne Erlaubnis in die Kanalisation hinabzuklettern, gingen die Tosher nachts zur Arbeit – aus der Dunkelheit in die Dunkelheit, um zu leben oder zu sterben. Wer Tosher anzeigte, konnte sogar mit einer Belohnung rechnen. Und einige verdienten sich lieber auf diese Weise ein paar Münzen, anstatt im Dreck zu wühlen.

HABEN SIE'S GEWUSST?

➤ Des Nachts arbeitende Tosher nahmen oft eine dunkle Laterne mit, ausgestattet mit einer kleinen Tür, die sich schließen ließ, wenn man nicht gesehen werden wollte.

➤ Noch heute erinnert man sich an Tosher, wenn es heißt: »That's a load of old tosh.«[*]

Schweine im Dreck?

Es war schwierig genug, den Belohnungsjägern zu entgehen, aber Schlimmeres erwartete den unglücklichen Tosher, der einem der wilden Schweine begegnete, die sich angeblich in den Tunneln im Norden der Stadt herumtrieben, Schweine, die *alles* fraßen. Zum Glück musste jedes Schwein, das Dodger anfallen wollte, durch den »Flottengraben« schwimmen, einen eingemauerten Fluss, und das schafften die hungrigen Tiere nicht.

[*] Das ist ein Haufen Quark/Quatsch. Wobei sich »tosh« eigentlich auf Schmutz, Dreck bezieht.

Dodger über Solomon: »Jemand hat einmal gesagt, Sauberkeit komme gleich nach Gottesfurcht, aber Solomon fürchtet Gott überhaupt nicht und scheint Reinlichkeit für wichtiger zu halten.«

Im Fluss waschen?

Man mochte ein Bad in der Themse für einen guten Einfall halten, aber wer sich dem Fluss anvertraute, riskierte dabei eine Überraschung. Denn das Wasser spülte den ganzen Abfall von London ins Meer, darunter auch den einen oder anderen toten Menschen.

DIE LONDONER BADESAISON
»Komm, mein Lieber! Komm zur guten alten Themse und nimm ein nettes Bad!«

Oder in einem öffentlichen Park?

Henry Mayhew hörte, dass die Lehrjungen der Schornsteinfeger oft im Serpentine* des Londoner Hyde Park badeten. Nachdem dort aber ein Junge ertrunken war, nahmen die anderen ihren Ruß in Kauf.

Oder in einem öffentlichen Bad?

In den öffentlichen Bädern herrschte wahre Demokratie, denn *jeder* konnte dort baden (allerdings nicht alle gleichzeitig) und das Wasser mit den edelsten Adligen teilen. Je mehr man bezahlte, desto sauberer war es, aber es handelte sich immer um *dasselbe* Wasser.

* Londoner See, der zum größten Teil im Hyde Park liegt

Bad Nummer 1 . . . für die feinen Herrschaften
Bad Nummer 2 . . . nur ein bisschen seifig, für die Mittelschicht
Bad Nummer 3, 4, 5 usw. . . . für die vielen Schmutzigen

Türkische Bäder waren besonders aufregend – aber leider nicht so aufregend,
wie es sich Dodger nach den Geschichten seines Freundes Ginny-Komm-Spät
erhofft hatte, denn es fehlten die reizvol-
len tanzenden Mädchen in hauchdün-
nen Gewändern.

Die feinsten der feinen Leute genossen
ihre Badewanne daheim, gefüllt von
Küchenmädchen, die das Wasser unten
erhitzten und dann nach oben in die Ba-
destube schleppten. Wenn der Badende
fertig war, wiederholte sich die Plackerei
in umgekehrter Richtung.

Es gab auch besondere Bäder:

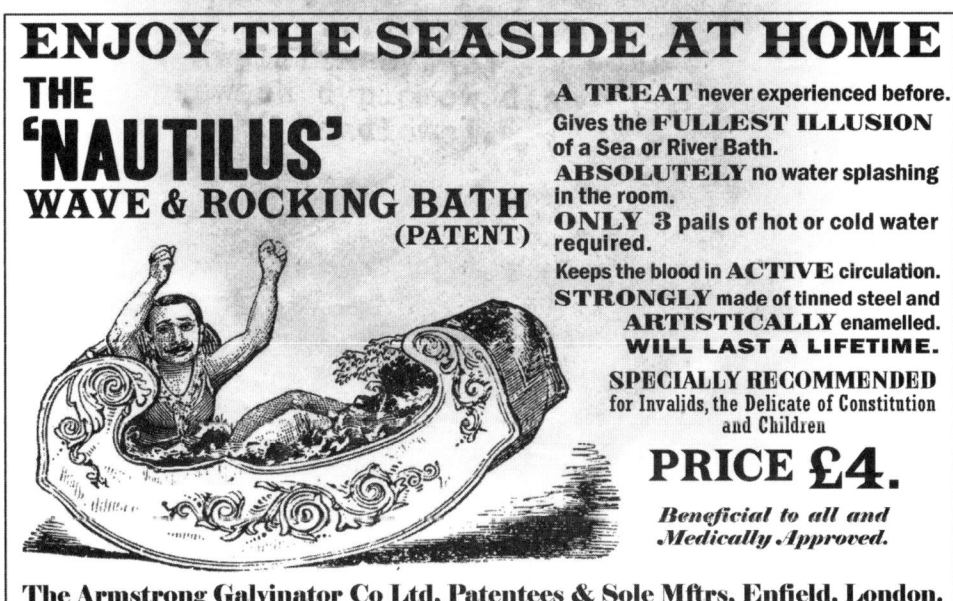

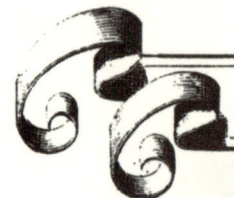

DER LANGE ARM DES GESETZES

Wenn es in den Armenvierteln eine Regel gibt (und solche Viertel sind eine Gegend, wo man von Regeln wenig hält), so lautet sie: Der Polizei verrät man nie etwas. Wenn man unbedingt mit einem Polizisten reden muss ... Nun, es ist erstaunlich, wie schnell man an Gedächtnisschwund leiden kann, und gar nicht so erstaunlich ist die Tatsache, dass einen dadurch eine weitaus weniger schmerzhafte Zukunft erwartet. Am fraglichen Tag hat man nichts gesehen, nichts getan und war vermutlich gar nicht in der Stadt. Nein, die Straße pflegt ihre eigene Gerechtigkeit, und sie erfordert keinen Schutzhelm tragenden Peeler, der jemanden verhaften will. Ach, die Peeler! Vor den Bow-Street-Runnern konnte man wenigstens weglaufen, weil sie oft dick und mit Alkohol abgefüllt waren. Aber die Peeler, die gehen den Cockneys an den Kragen. Ich meine, was sich zwischen Peelern und Cockneys abspielt, würde in eine Arena des alten Rom passen, das ist eine Stadt irgendwo in Griechenland. Nein, einen Peeler möchte man nicht auf den Fersen haben, die sind zu schnell.

Solomons Weisheit: »Ich denke, dass man Polizisten immer belügen sollte. Es ist so gut für die Seele – und auch für die Polizisten.«

Vor den »Runnern« wegrennen

Seit Mitte des 18. Jahrhunderts riskierten Diebe und Schurken aller Art in East End, von einem »Runner« geschnappt zu werden, einem Beamten der neuen Polizeitruppe, die man »Bow-Street-Runners« nannte. Wie die alten Diebesfänger, die für eine geringe Belohnung Kleinkriminelle ergriffen, bekamen die Runner ihr Geld in Form von Prämien, die von den Gerichten oder Opfern bezahlt wurden. Jeder Dieb, der einigermaßen was im Kopf hatte, wusste also, dass man die Runner besser mied, wenn für sie genug Bares in Aussicht stand. Und was Kleinkriminalität betraf ... Auch Dodger war einmal vor den Runnern davongelaufen. Aber welcher Junge konnte nicht einem Mann davonlaufen, für den es sich kaum lohnte, ein Straßenkind zu schnappen?

Wegen einer gestohlenen Gans geriet ich in Schwierigkeiten und wurde verfolgt, nur weil Federn an mir klebten. Deshalb versteckte ich mich in der Kanalisation, verstehen Sie? Die Männer kamen mir nicht hinterher, weil sie zu dick und meiner Meinung nach auch zu betrunken waren ...

- Die Gruppe der Bow-Street-Runner wurde 1749 von Henry Fielding gegründet, dem Autor von *Tom Jones: Die Geschichte eines Findelkinds,* der damals Richter für Westminster und Middlesex war.
- Nach Henrys Tod trat der blinde Halbbruder John seine Nachfolge an. Bekannt als »Blind Beak of Bow Street« (Blinder Kadi der Bow Street) verfügte John angeblich über ein besonders gutes Gehör und konnte 3000 Verbrecher an ihrer Stimme erkennen.
- Zu Dodgers Zeit gab es eine Pferdepatrouille, die London vor Straßenräubern schützte*. Besonders berüchtigt in dieser Hinsicht war Hounslow Heath.

Everett und Bird, die in Hounslow Heath eine Kutsche überfallen

---

* besser gesagt: zu schützen versuchte

Die verdammten, dreimal verfluchten Peeler! Man konnte sie nicht bestechen, man konnte keine Freundschaft mit ihnen schließen – nicht wie mit den alten Bow-Street-Runnern –, und die meisten der neuen Jungs waren Kriegsveteranen. Hatte man an einigen der letzten Kriege teilgenommen und besaß noch alle seine Körperteile, dann war man entweder ein harter Bursche oder hatte sehr, sehr viel Glück gehabt. – *Der Schlaue Bob, Anwalt für Kriminelle*

Sir Robert Peel (1788–1850)

Der Große Peel sah aus wie ein Stenz, hatte aber den Glanz der Straße in den Augen. Als er mit der Polizeiarbeit begann, waren plötzlich überall die Stiefel von Polizisten zu sehen, und das Leben für die am Rande der Gesellschaft wurde noch mühevoller ...

Ein sicherer Sitz ...

Peel wurde mit nur 21 Jahren Abgeordneter – eines Wahlkreises in Irland, der nur 24 Wähler hatte! Er brachte es zum Innenminister (einmal) und zum Premierminister (zweimal). Während seiner Zeit als Innenminister veränderte er die Polizeiarbeit in London für immer.

... und ein besonderes Schwein

Angeblich züchtete Peel eine neue Schweineart, das Tamworth-Schwein.

HABEN SIE'S GEWUSST?

- ✦ Die Bezeichnung »Peeler« und »Bobbies« für Polizisten geht auf Sir Robert Peel zurück.
- ✦ Sie bekamen auch den Spitznamen »PC Plod«, weil sie langsam eine bestimmte Strecke gehen mussten.
- ✦ Der erste Polizist erhielt die Nummer 1 – und wurde vier Stunden später wegen Trunkenheit im Dienst entlassen.
- ✦ Die Peeler trugen lange, blaue »Schwalbenschwänze« und hohe Hüte, die oben mit einem Eisenring verstärkt waren – falls ihnen jemand den Schädel einschlagen wollte.
- ✦ Am Hals trugen sie einen harten Kragen, der verhindern sollte, dass man sie erdrosselte.
- ✦ Ihre Ausrüstung bestand aus einem hölzernen Schlagstock, einer Rassel (später einer Pfeife), einem großen Messer in einer Scheide und Handschellen.
- ✦ Sie griffen streng durch und ließen nicht mit sich reden, es sei denn jemand sagte: »Ich leiste keinen Widerstand und komme brav mit, Sir.«

**Peel's Police,
RAW LOBSTERS,
Blue Devils,**

Or by whatever other appropriate Name they may be known.

Notice is hereby given,

That a Subscription has been entered into, to supply the **PEOPLE** with **STAVES** of a superior Effect, either for Defence or Punishment, which will be in readiness to be gratuitously distributed whenever a similar unprovoked, and therefore unmanly and blood-thirsty Attack, be again made upon Englishmen, by a Force unknown to the British Constitution, and called into existence by a Parliament illegally constituted, legislating for their individual interests, consequently in opposition to the Public good.

—ooo—

"Put not your trust in Princes."—DAVID.

"Help yourself, and Heaven will help you."—FRENCH MOTTO.

DIE POLIZEI

Es war einfach, gegen das Gesetz zu verstoßen. Sehen Sie sich nur die Bagatelldelikte an, die jemanden in Schwierigkeiten bringen konnten:

a) **GEGEN FOLGENDES WIRD** bei Beschwerde beim nächsten Polizisten vorgegangen:

Beleidigende Worte; offene Bereiche ohne ausreichende Umzäunung.
Das Ködern von Tieren; Wetten auf der Straße; offenes Feuer auf der Straße; der Verkauf von obszönen Büchern auf der Straße.
Teppichklopfen; achtloses Treiben von Vieh; Hahnenkämpfe.
Frei laufende Hunde; an Türen klopfen; Trunkenheit und ungebührliches Benehmen; Entfernung von Staub zwischen 10 Uhr und 19 Uhr.
Pferde üben lassen und andere Leute damit stören.
Verwendung von Feuerwaffen; Feuerwerk auf der Straße; rücksichtsloses Fahren.
Spiele auf der Straße.
Unanständige Entblößung.
Das Löschen von Lampen.
Das Ausschütteln von Fußmatten nach 8 Uhr morgens.
Obszönes Singen; das Entsorgen widerwärtiger Substanzen zwischen 6 Uhr und 24 Uhr.
Grundlos an Türen klingeln.
Auf Straßen rutschen; Steine werfen.

b) **FOLGENDES ERFORDERT** einen Antrag beim Amtsgericht:

Überlaufende Senkgruben.
Infektiöse Leichen in einem von Menschen bewohnten Zimmer.
Vermietung von infektiösem Haus oder Wohnung.
Das Nicht-Entfernen von Dung; das Herausstellen von nicht mehr für den Verzehr geeigneter Milch.
Übel riechende Gewerbe (Schweinehaltung, Seifenhaus, Schlachthaus oder andere Geschäfte und Handwerke mit unangenehmen Ausdünstungen usw.).

Dickens's Dictionary of London
(Dickens' Wörterbuch von London),
Charles Dickens Jr. (1879)

EIN HÜBSCHES STRASSENSPIEL

Alter Herr: »Zum Teufel mit den Jungen und ihren Kreiseln! Wo ist die Polizei?«

Rat für Frau oder Freundin eines Polizisten

»Man verliebe sich nie in den Stock eines Polizisten. Die Macht ist launenhaft ...«

– *PUNCH* (Juli–Dezember 1845)

Polizisten in Zivil! So etwas sollte verboten sein. Das fanden alle –
es war einfach eine Unverschämtheit. Immerhin, wenn man
einen Peeler in der Nähe entdeckte, verzichtete man vielleicht darauf, jemandem in die Tasche zu greifen oder irgendwelche Dinge
zu nehmen, die einfach nur herumlagen und eigentlich keinem
gehörten, wenn man genauer darüber nachdachte, oder etwas von
einem Karren zu stoßen, wenn der Besitzer gerade nicht hinsah.
Beim Anblick von Polizisten blieb man ehrlich, nicht wahr? Aber
wenn sie einfach nur herumlungerten und wie gewöhnliche Leute
aussahen ... Damit forderten sie einen praktisch auf, Verbrechen
zu begehen, oder?

1. April: Haben Nachricht von einem dreisten Einbruch mit Gewaltanwendung in Walker's Green erhalten. Mit INSPEKTOR WATCHER gesprochen. Eine Droschke genommen und zusammen mit SERGEANT DODGETT
angenehme Fahrt nach Walker's Green. Amüsanter Kerl, dieser DODGETT.
Sofort nach Ankunft Tatort angesehen. Guter Sherry. MARY ANNE, die Köchin, sehr verängstigt. Habe sie offiziell getröstet. Hausmädchen erholte sich
gerade von einem Hieb mit einem Totschläger. Hausherrin sehr grob behan-
delt. Hat uns nach unserer Meinung gefragt. Wir haben ihr mitgeteilt, unserer Ansicht nach bestehe kein Zweifel daran, dass es sich um einen Einbruch
mit Gewaltanwendung gehandelt habe. Sie dankte uns für die Information.
Haben zwei Sovereigns erhalten. In die Stadt zurückgefahren. Schöner Tag.
Am Abend Treffen mit dem Inspektor. Habe ihm mitgeteilt, DODGETT und
ich seien sicher, dass es bei Walker's Green zu einem dreisten Einbruch mit
Gewaltanwendung gekommen sei.

2. April: Haben unsere Ermittlungen energisch fortgesetzt. Bin mit SER-
GEANT DODGETT nach Walker's Green gefahren. Dort etwas bemerkt, das
unserer Aufmerksamkeit gestern entgangen war. Zwei große Tafeln waren
aus der Eingangstür geschnitten und hinterließen eine etwa drei Quadratfuß
große Öffnung. Habe sie sorgfältig mit rotem Band ausgemessen. Der Kopf
eines Mannes hätte hindurchgepasst. Dem Hausmädchen ging es noch immer
schlecht, konnte aber mit DODGETT reden. Schlauer Bursche, dieser DOD-
GETT. Der Arm des Mädchens ist angeschwollen und der Kopf der Hausherrin noch immer verbunden. Wir sind beide der Ansicht, dass Gewalt ange-
wendet wurde.

3. April: Walker's Green. Guter Sherry und Erfrischungen. Die Hausherrin
sagte aus, dass einer der Einbrecher helles Haar hatte und etwa eins siebzig
groß war. Wir sind den Tätern auf der Spur. MARY ANNE, die Köchin,
hoffte, dass ich nicht in Gefahr gerate. CHARLOTTE, das Hausmädchen, sah
DODGETT besorgt an. Auf dem Rückweg zur Stadt bemerkten wir einen
Mann, auf den die Beschreibung passte. Haben ihn verhaftet, seinen Kopf
mit dem roten Band gemessen und ihn eingesperrt.

4. April: Mann vernommen. Behauptet, nicht der Täter zu sein. Hab ihn gefragt, wieso er helles Haar habe und eins siebzig groß sei. Reagierte verwirrt. Fanden heraus, dass er gerade aus Birmingham gekommen war, wo er sein ganzes Leben verbracht hatte. Haben ihn verwarnt und freigelassen.

5. April: Hab einen Mann auf der Straße gesehen, sehr groß und dunkelhaarig, DODGETT sprach von einer cleveren Tarnung. Wir haben ihn festgenommen und gefragt, warum er kein helles Haar habe und nicht eins siebzig groß sei. Reagierte verblüfft. Erwies sich als INSPEKTOR WATCHERS Schwiegervater. Haben uns entschuldigt und ihn freigelassen.

6. April: Haben ihn endlich erwischt. Alle lobten unseren Scharfsinn. Habe MARY ANNE geschrieben und ihr den Stand der Ermittlungen mitgeteilt. Der Mann hat den Einbruch gestanden und wurde hinter Schloss und Riegel gebracht.

7. April: Der Mann, der den Einbruch gestanden hat, behauptet nun, dass er gar nicht der Einbrecher ist. Hatte zu viel getrunken, entschuldigte sich dafür. Gerügt und entlassen. Brief von MARY ANNE, sie schreibt, dass die Hausherrin morgen nicht zu Hause sei. Wir müssten dringend kommen, da CHARLOTTE und sie eine Entdeckung gemacht haben.

8., 9., 10. April: Jeden Abend nach Walker's Green. Wir sehen keinen Grund, unsere Meinung zu ändern, wonach ein dreister Einbruch mit Gewaltanwendung verübt wurde. CHARLOTTE meinte, sie hätte DODGETT etwas mitzuteilen. Schlauer Fuchs, DODGETT. MARY ANNE teilte mir ihre Entdeckung mit. Nettes Mädchen mit beträchtlichen Ersparnissen. Inspektor verlangte einen Bericht über unsere Fortschritte. Haben Bericht erstattet und deutlich darauf hingewiesen, wir hätten nicht den geringsten Zweifel daran, dass in Walker's Green ein überaus dreister Einbruch mit Gewaltanwendung verübt worden sei. Während des restlichen Monats mehrere Personen verhaftet. Haben ihre Köpfe mit dem roten Band gemessen und sie nach Ermahnung laufen lassen.

Mai: Am 1. dieses Monats wird CHARLOTTE zu MRS. DODGETT, und MARY ANNE hat meinen Heiratsantrag angenommen. Soll sich INSPEKTOR WATCHER um den gewalttätigen Einbrecher kümmern bei uns hat's gewaltig gefunkt.

– PUNCH (1863)

ORTE, DIE ES ZU MEIDEN GILT

Wenn man in den Armenvierteln wohnt, muss man die ganze Zeit über auf Draht sein. Niemand möchte sich von den bereits erwähnten Peelern schnappen lassen oder vor den Kadi gezerrt werden. Der Typ, der Richter, würde den Jungen nur kurz mustern, dem der Hintern aus der Hose hängt (vielleicht ist es nicht einmal seine eigene Hose), und ihn für schuldig erklären, noch bevor die Verhandlung begonnen hätte. Und dann, mir nichts, dir nichts, ist man plötzlich auf dem Weg zum Galgen. Aber um einen zu verhaften, müssen sie einen zuerst in die Finger kriegen. Wenn man rechtzeitig wegrennt, entgeht man den Häusern, die niemand von innen sehen will. Und es gibt mehr als einen Ort, von dem man sich besser fernhält ...

❧ Nummer eins – die Gerichte ❧

An erster Stelle stand das Old Bailey, von vielen einfach »Gericht« genannt. Die Leute, mit denen Dodger aufwuchs, sprachen in diesem Zusammenhang nur von »vor den Kadi«.

HABEN SIE'S GEWUSST?

- ⤳ Das Old Bailey bekam seinen Namen von der Straße, in der es sich befindet und die dem Verlauf der alten Außenmauer (bailey) der City of London folgt.
- ⤳ Bevor im 18. Jahrhundert Gaslampen gebräuchlich wurden, hatte der Angeklagte einen Spiegel über dem Gesicht. Auf diese Weise konnten die Zuschauer sehen, ob er einen gerissenen Gesichtsausdruck hatte oder so unschuldig aussah wie am Tag seiner Geburt.
- ⤳ Ein Tag im Zuschauersaal des Gerichts war für Londons »Unbescholtene« immer ein angenehmer Zeitvertreib. Und ein »schreckliches Verbrechen« erweckte stets die Aufmerksamkeit der Öffentlichkeit.

Vermutlich hatte Solomon die Polizei überall in Europa belogen – mit Gottes Hilfe. Im Beisein eines Peelers hätte er vielleicht nicht einmal gewusst, ob der Himmel blau war.

Gerichtsverfahren verliefen oft sehr schnell. Das Opfer des Verbrechens bekam Gelegenheit zur Anklage, und der Angeklagte konnte sich verteidigen. Oft sagte nur ein Polizist aus ... dessen Aussage dann von den glatten Worten eines Perücke tragenden Anwalts zerpflückt wurde.

Soziale Gerechtigkeit?

Opfer oder Verbrecher? Ein junger Dieb könnte sich mit folgenden Worten an den Kadi wenden: »Für Sie ist es schön und gut, dort oben zu sitzen, Sie, der Sie bestimmt ein üppiges Frühstück genossen haben. Vermutlich benutzen Sie auch einen Zahnstocher aus Silber, mit dem Sie sich anschließend die Zähne reinigen. Für Sie ist es schön und gut, mir ein schlimmes Ende zu prophezeien, wenn ich nicht mit dem Stehlen aufhöre und den Weg der Ehrlichkeit und Rechtschaffenheit einschlage ... Ich bin klug genug und weiß, dass ich besser so wie Sie dort oben ehrliche Wege beschreiten sollte. Ich weiß, dass es angenehmer wäre, goldene Ketten und Samtwesten zu tragen, statt in abgewetzten Cordhosen herumzulaufen, Polizisten auszuweichen und ein Schlingel zu sein. Aber wie finde ich den Weg zu rechtschaffener Ehrlichkeit? Helfen Sie mir, ihn zu finden? Sehen Sie nur, welch kleiner Knirps ich bin – helfen Sie mir auf die unterste Sprosse der Leiter, die zum rechten Weg emporführt?«

⸙ Nummer zwei – das Gefängnis ⸙

Übeltäter konnten wegen kleinster Verfehlungen in den Knast kommen, wie z. B. dieser Zehnjährige, der in Wandsworth vor den Kadi gebracht wurde, der junge James Leadbeater.

VERBRECHEN:
Diebstahl von Sellerie im Wert von einem Penny

URTEIL:
Vier Tage Zwangsarbeit und eine Tracht Prügel

Andere kindliche Straftäter waren der zehnjährige George Davey, der zu einem Monat Zwangsarbeit verurteilt wurde, weil er zwei lebende zahme Kaninchen gestohlen hatte, und der arme elfjährige Thomas Savage, der zehn Schläge mit der Gertenrute und vier Tage Zwangsarbeit bekam, weil er einige Eisenteile entwendet hatte.

⸙ Nummer drei – Deportation ⸙

Damals war Deportation sehr beliebt (allerdings nicht bei den Deportierten). Zwei zum Preis von einem! Unerwünschte (beziehungsweise bettelarme und verzweifelte) Personen wurden einfach fortgebracht – aus den Augen, aus dem Sinn. Und es kostete viel weniger als das Gefängnis. Für einfachen Diebstahl – oft von Lebensmitteln – wurden selbst Kinder unter zehn Jahren Tausende von Meilen weit auf die andere Seite der Welt geschickt, wo sie wer weiß was erwartete.

Ich weiß kaum etwas über Australien, aber Solomon hat mir erzählt,
dass es auf der anderen Seite der Welt liegt, was meiner Meinung nach bedeutet,
dass die Leute dort auf dem Kopf gehen.

»Wenn es Knast gab, dann nur als Wartestation für den Galgen.«

– Das Motto eines Dodger bekannten Snakesman

HABEN SIE'S GEWUSST?

➤ Bis um 1830 konnte man für den Diebstahl eines Pferds oder den Einbruch
  in ein Haus gehängt werden.

➤ Öffentliche Hinrichtungen fanden bis 1868 vor dem Newgate-Gefängnis statt.

➤ Als Victoria den Thron bestieg, wurden nur Verräter oder Mörder gehängt –
  wie der »Ausländer«, der Mörder, den Dodger zur Strecke brachte.

»PARTYS« FÜR DEN GALGEN

Zeitungsverkäuferin: »Nun, was darf's sein, der Herr?«
Junge: »Ich möchte 'ne Zeitung mit einem schrecklichen Mord und einem Bild.«

Hinrichtungen waren ein beliebtes Ziel für Familienausflüge: ein festliches Ereignis, manchmal mit einem Krawall als Zugabe. Man jubele dem Henker zu! Man kaufe eine Ausgabe der Todesrede des Gefangenen! Man klatsche begeistert, wenn der Verbrecher baumelt! Ach, und warum sich nicht eine eingelegte Schnecke und eine Limonade gönnen, um den Tag zu krönen? Und während man aß, verdiente sich ein junger Taschendieb vielleicht einige Pasteten, indem er einem die Brieftasche klaute.

Wie wäre es mit einem anderen Ausflug, z. B. zum Krankenhaus Bedlam? Europas ältestes Hospital für Pflege und Verwahrung Geisteskranker war einmal eine beliebte Sehenswürdigkeit für Besucher der Metropole, eine Attraktion, die man gesehen haben musste. Eintrittsgeld wurde verlangt, und die Possen der armen Menschen in dem unglücklichen Gebäude galten als moralisches Beispiel dafür, was geschehen konnte, wenn man sein Verhalten von Leidenschaft bestimmen ließ. Zahlreiche Patienten waren nackt oder trugen nur eine schlichte Decke; bei vielen wurden Ketten und Handschellen verwendet. Wer dieses Elend gesehen hatte, war froh, nach Hause zurückkehren zu können …

Dodger über *Sweeney Todd:* »Der arme Teufel war tatsächlich eher ein Kandidat für Bedlam als für den Galgen, obwohl jeder, der einigermaßen bei Verstand war, den Henker vorgezogen hätte.«

Sie kommen, um dich wegzubringen …

Ein Patient im viktorianischen Irrenhaus? Hier sind einige der Behandlungen, die ihn erwarteten:

✴ Aderlass: Das Entfernen von Blut sollte den Körper besser ausbalancieren. Aber wenn zu viel entfernt wurde, geriet der Körper ganz aus dem Gleichgewicht und fiel.

* Hypnose: für jene, die an »Hysterie« litten (oft von einem überaktiven Schoß verursacht, wie es hieß; allerdings hatte Dodger nie davon gehört, dass ein Schoß allein aktiv wurde oder in den Krieg zog)
* Verabreichung von Brechmitteln
* Einzelhaft
* Blutegel
* Zwangsjacken
* Ketten und Handschellen; des Nachts ans Bett gefesselt werden

Und dann gab es natürlich noch den Drehstuhl, der die Verabreichung von Brechmitteln (siehe oben) erübrigte. Der arme Patient wurde darauf festgeschnallt, in die Luft gehoben und dann gedreht. Die Desorientierung des Patienten sollte ihn dazu bringen, dass er seine Bosheit bereute und zu einer »neuen Person« wurde. In Wirklichkeit bereute er vor allem die letzte Mahlzeit …

Tiefe Brauen? Mörder! Große Nase? Taschendieb!

Bei einer neuen Wissenschaft ging es darum, Köpfe zu messen, die Beulen daran zu deuten (sofern sie nicht von einem stumpfen Gegenstand stammten) und daraus auf Temperament und Veranlagung der betreffenden Person zu schließen. Nach der Hinrichtung am Galgen wurden Todesmasken der Gefangenen angefertigt, damit eifrige Phrenologen das typische Aussehen von Menschen untersuchen konnten, die mit großer Wahrscheinlichkeit zu gefährlichen Verbrechern wurden.

Den Mond anheulen?

Die Worte »lunatic« und »lunacy« (Wahnsinniger, Wahnsinn) gehen auf den lateinischen Begriff für Mond – luna – zurück, und es war bekannt, dass Geisteskranke bei Vollmond zu mehr gestörter Aktivität neigten. Obwohl sich, trotz der Erzählungen von Groschenromanen, niemand von Dodgers Bekannten bei solchen Gelegenheiten in einen Werwolf verwandelte. In den Armenvierteln wäre ein Wolf schnell Opfer und vermutlich eine Mahlzeit gewisser Nachtleute geworden …

Gehen Sie über die Brücken von London und sehen Sie sich alle diese Unterhaltungs-möglichkeiten an! Zahlreiche Straßenleute verdienten sich ihr täglich Brot, indem sie anderen vergessen halfen, mit welcher Mühe sie sich ihr tägliches Brot verdienten. Denn es sind nicht nur die feinen Leute, die abends mit ihren Kutschen losfahren und nach Zerstreuung suchen – alle anderen, die tagsüber geschuftet haben, um sich ein paar Pence für ein Bett und eine Pastete zu verdienen, sehnen sich ebenfalls nach Ablenkung. Und wo ein Bedarf besteht, gibt es immer jemanden, der das Gewünschte zur Verfügung stellt. Es versteht sich von selbst, dass junge Damen, die abends allein in der großen Stadt unterwegs sind, auf der Hut sein müssen – ich meine, unsere Mädchen lernen schnell, wie's auf der Straße zugeht, aber die Schönheiten von so fernen und exotischen Orten wie Uxbridge und Gerrards sind leichte Beute für den Herrn, der schöne Worte spricht und in dessen Taschen es klimpert. Und wer weiß, was da klimpert.

❦ Kleine Theater ❦

DAMEN UND HERREN, DIE VORN SITZEN MÖCHTEN, ZAHLEN ZWEI PENCE

Kleine Theater, »Panny Gaffs« genannt, gab es überall im East End des viktorianischen London – der Eintritt kostete meistens nur einen Penny. Der vordere Teil eines Ladens wurde entfernt (ja, mit Erlaubnis des Ladeninhabers) und der Eingang dekoriert. Komische Sänger forderten Passanten auf, sich von einem Penny zu trennen und das improvisierte Theater zu betreten. Drinnen standen Musiker auf Tischen, und die Unterhaltung war sehr laut und oft auch ziemlich unanständig. Mit anderen Worten: Für wenig Geld wurde viel geboten. Draußen konnte man gratis beobachten, wie ein Polizist die Ordnung wiederherzustellen versuchte.

Deftige Tänze? »Ja, jede Menge! Und es gibt viel Haut zu sehen.«

Seemannslieder, zotige oder patriotische Lieder waren immer sehr beliebt, ebenso wie Dramen, meist Tragödien, ohne allzu viele Zungenbrecher (lange Worte). Besonderer Beliebtheit erfreuten sich Stücke, die von berühmten Kriminellen wie z. B. Dick Turpin handelten, oder Geschichten über die bei Newgate gehängten Räuber und Mörder. Und wenn für die Schauspieler die Zeit knapp wurde ... dann brachten sie den letzten Teil des Stücks ganz schnell hinter sich, bevor sie die Zuschauer hinauswarfen.

Die Straßenhändler liebten Esel und sangen gern das Lied von »Duck-Legged Dick«:

Der krummbeinige Dick hatte einen Esel, toll,
Ein wahrer Säufer, der liebte jedes Gelage.
Eines Tages war er ziemlich voll
Und wurd geschickt zur Mühle, für sieben Tage.
Sein Esel kam auf die Wiese,
Ein Schicksal so richtig miese.

Ins Gras beißen musste der Esel frech,
Auf der grünen Wiese sterben.
Es sich nicht vermeiden lässt, das Pech,
Das Schicksal es einem kann's verderben.
Am besten ist man immer dran,
Wenn man beides mischen kann.

Ähnliche Gefühle brachte Kipling in seinem Gedicht »If« zum Ausdruck, das er bald schreiben würde.

Rocktanz

Nein, mit Rock hat dies nichts zu tun, wohl aber mit Röcken. Ein beliebter Zeitvertreib für die Aristos bestand darin, sich Rock-tänze anzusehen, bei denen Frauen sich drehten und dabei 12 Meter Stoff durch die Luft wirbelten. (Dodger mochte Rö-cke, aber dem Herumgehopse konnte er nichts abgewinnen.)

HABEN SIE'S GEWUSST?
1884 wurde Joseph Merrick, aufgrund seiner Entstellungen als »Elefanten-mann« bekannt, als Monstrum in einer »Penny Gaff« in Whitechapel zur Schau gestellt.

Dodger wusste, dass Schauspieler nicht viel Geld bekamen – seiner Meinung nach lohnte es nur, auf der Bühne zu stehen, wenn man sie zu klauen gedachte. Aber wenn man einen richtig guten Abend erleben wollte, dann war das Varietétheater die erste Wahl.

Für nur ein paar Pence konnte man sich an mehreren Vorstellungen erfreuen, mit Schwerpunkt auf guten komischen Liedern, in die das Publikum oft singend, grölend, rülpsend und mit den Stiefeln stampfend einstimmte.

Sehr populär waren Komiker, die bekannte Persönlichkeiten parodierten und Lieder über Trinken, Frauen und Faulenzen sangen. Oft trugen sie Pelze und Diamanten und verspotteten den Hedonismus des Großbürgertums.

»Ein Mann erscheint auf der Bühne, ausländisch gekleidet und geschmückt mit einem schrecklich großen Schnurrbart von grässlicher Farbe. Er singt dummes Zeug in vielen Versen, zwischen denen er einen sinnlosen ›Refrain‹ einlegt, bei dem alle mitsingen sollen.« — *The Tomahawk* (1867)

Ein berühmtes Londoner Theater war das Wilton's, erbaut in den 1850er-Jahren in East End, bei den Docks.

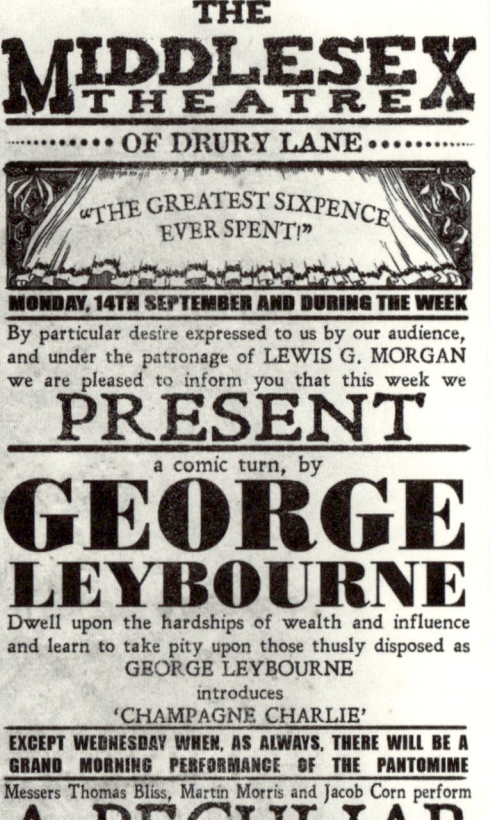

THE
MIDDLESEX
THEATRE
······ • **OF DRURY LANE** • ······

«THE GREATEST SIXPENCE EVER SPENT!»

MONDAY, 14TH SEPTEMBER AND DURING THE WEEK

By particular desire expressed to us by our audience, and under the patronage of LEWIS G. MORGAN we are pleased to inform you that this week we

PRESENT

a comic turn, by

GEORGE LEYBOURNE

Dwell upon the hardships of wealth and influence and learn to take pity upon those thusly disposed as
GEORGE LEYBOURNE
introduces
'CHAMPAGNE CHARLIE'

EXCEPT WEDNESDAY WHEN, AS ALWAYS, THERE WILL BE A GRAND MORNING PERFORMANCE OF THE PANTOMIME

Messers Thomas Bliss, Martin Morris and Jacob Corn perform

A PECULIAR POSITION!

the fashionable COMEDY with many meanings!

BETTER THE DEVIL YOU KNOW
A tale of fidelity and honour in the marital arena, performed for us by the players of the Colchester Rep. Theatre, on tour this season.

A COMIC SONG, By Mr. H Fistral
A SCOTCH DANCE, By Mr. Partleton and wife
&
SECRETS WORTH KNOWING
as performed by Mr. M Rindel

our evening concludes with the National Anthem and a perfomance by those great favourites
THE BLUE RIBBON GIRLS

The SALOONS under the Management of Messrs. Dines & Co.
Doors to open at Seven o' clock for commencement at Eight

WILTON'S NEUES THEATER, WELLCLOSE SQUARE

HABEN SIE'S GEWUSST?

➤ Bis zu tausend Zuschauer zwängten sich hinein, um die Vorstellung zu sehen – obwohl das Theater angeblich nur 300 Platz bot.

➤ Im Gegensatz zu Theatern, die den feinen Leuten vorbehalten waren, konnten die Besucher hier während der Vorstellung essen, trinken und rauchen.

➤ Weitere berühmte Theater waren die Canterbury Music Hall in Lambeth, das Middlesex in der Drury Lane – das man auch »Old Mo« nannte – und Varietétheater wie das Egyptian Hall in Piccadilly.

Einige Theaterstars ...

Champagner-Charlie

George Leybourne (1842–1884) war ein berühmter »Lion Comique«, ein immer makellos wie ein junger Gentleman gekleideter Komödiant. Zu seinen Liedern zählten »Champagne Charlie« (Champagner-Charlie) und »The Daring Young Man on the Flying Trapeze« (Der tollkühne junge Mann auf dem fliegenden Trapez). Er war so populär, dass er 1868 eine Anstellung bei der Canterbury Music Hall bekam. Sein Vertrag sah £ 25 die Woche sowie eine von vier weißen Pferden gezogene Kutsche vor.

Der große kleine Leno

Dan Leno (1860–1904) stand zum ersten Mal mit neun Jahren auf der Bühne und wurde für seinen Holz-schuhtanz berühmt. Sein komi-sches Trippeln machte ihn zu einem beliebten Darsteller.

Die Königin der Music Hall …

Marie Lloyd (1870–1922) wechselte mit 14 Jahren ins Profilager. Ihre Lieder galten als zu schlüpfrig für die großen Theater.

Und dann noch das Varieté!

Hier gab es nicht nur Darsteller, sondern auch Dinge und Leute zum Begaffen – was Dodger nicht so gern machte. Die Ausgestellten verdienten mit ihren »Auftritten« aber eine ganze Menge (am Ende des Jahrhunderts bis zu 20 Pfund in der Woche).

»Sie müssen nach Höherem streben, Mister Dodger, denn kein Mann sollte sein Leben damit vergeuden, durch die Kanalisation zu stapfen, wenn er durch Literatur und Theater segeln kann.« – *Angela Burdett-Coutts zu Dodger*

Angela Burdett-Coutts machte Dodger mit dem Theater vertraut (zumindest offiziell, denn seine Zeit als Snakesman hatte ihn bereits in mehrere Theater geführt – und wieder hinaus). Er saß dort in einer Loge und sah sich einige Typen an, die offenbar Bettlaken um sich geschlungen hatten und Worte sprachen, die von einem gewissen William Shakespeare geschrieben waren – *Julius Cäsar*. Er fand, dass das Stück wie ein Kampf auf der Straße war, mit dem Unterschied, dass diese Leute mehr Worte als Waffen benutzten.

HABEN SIE'S GEWUSST?
➤ Pantomimen dauerten bis zu fünf Stunden.
➤ Die Regent Street Nummer 320 war früher Sitz der »Theatrical Dental Institution« (Zahninstitut für Theater), wo Schauspieler und Angestellte des Theaters »die besten künstlichen Zähne« bekommen konnten, zum »ermäßigten Preis und leichter Ratenzahlung«.

ROYAL
OLYMPUS THEATRE
WYKE STREET, STRAND
LESSEES AND MANAGERS, MESSER.S
H. BLOEMEN and T. SOPER
IMPLORE YOU TO CONSIDER
AN EVENING AT THE OLYMPUS
DOORS OPEN AT SEVEN FOR AN EIGHT O' CLOCK PERFORMANCE
IN THE COMPANY OF FRIENDS AND FAMILY
FOR
WILLIAM SHAKESPEARE'S
THEATRICAL MASTERPIECE
JULIUS CAESAR

PERFORMED BY

Marcus Winerts	BRUTUS
James Nisbeck	JULIUS CAESAR
Christopher Lewis	ANTHONY
Philip King	CASSIUS
Justin Thompson	OCTAVIUS
Peter Smith	CASCA

PERFORMANCES NIGHTLY
MATINEES WEDNS. THURS.
THROUGHOUT JULY
EXCEPT THE FIRST AND THIRD SUNDAYS OF THE MONTH

FIRST PRICE :---- Stalls, 5s.   Upper Box Stalls 4s.
       Dress Circle, 4s.   Pit, 2s.   Gallery 1s.

SECOND PRICE :---- Upper Box Stalls, 2s.
       Dress Circle, 2s.   Pit, 1s.   Gallery 6d.
PRIVATE BOXES, £2 2s & £1 1s. FAMILY BOXES, £3 3s.

THE BOX-OFFICE OPEN, DAILY, FROM 11 till 5 O'Clock
Under the direction of Mr. S. Stapleton

PLACES RETAINABLE THE WHOLE EVENING, MAY BE TAKEN AT
THE BOX-OFFICE, WHERE THE PAYMENT OF ONE SHILLING
WILL SECURE FROM ONE TO EIGHT SEATS.

CHILDREN UNDER THE AGE OF THREE YEARS
OF AGE CANNOT, ON ANY ACCOUNT, BE ADMITTED

Wer weniger Geld hat, findet auf der Straße genug Unterhaltung. Dodger mag insbesondere den »Glückliche Familie«-Wagen: einen Karren mit einem Käfig, in dem verschiedene Tiere friedlich miteinander leben, obwohl sie sich sonst gegenseitig fressen. Zu den Tieren gehören:

* ein Pavian
* ein Hund
* eine Katze
* eine Maus
* einige Vögel
* eine Schlange

Miss Simplicity: »Warum in aller Welt frisst die Katze die Maus nicht, Dodger?«

Dodger: »Nun, der Alte ist bestimmt nicht geneigt, seine Geheimnisse zu verraten, aber wenn man die Tiere friedlich miteinander aufwachsen lässt – so heißt es –, dann werden sie zu einer glücklichen Familie. Aber es heißt auch: Sollte eine Maus, die der Schlange noch nicht vorgestellt wurde, durch dieses Gitter schlüpfen, so würde sie schnell zu einer Mahlzeit der Schlange.«

Der Beschreibung nach war das nicht alles. Der Leser mag vermuten, dass der Beobachter einige Zeit im Pub verbrachte, bevor er sich zu folgender Schilderung hinreißen ließ:

»Die Darbietung begann, indem der Mann die Käfigtür öffnete und die Katzen mit bekannten Boxernamen rief. Sie kamen, erhielten Boxhandschuhe, stellten sich auf die Hinterbeine und schienen gegeneinander zu kämpfen. Nach einer Weile fragte der Mann den Hund: »Siehst du denn nicht, dass sich deine Familie zankt?« Woraufhin der Hund eine Antwort bellte, den Käfig verließ, sich knurrend zwischen die beiden boxenden Katzen stellte und sie manchmal alles andere als sanft zur Seite stieß. Nachdem er den Kampf beendet hatte, kehrte er mit wedelndem Schwanz in den Käfig zurück. Doch die Katzen, angestachelt von ihrem Herrn, gingen erneut aufeinander los, und wieder musste ihr Kampf beendet werden. Als dies durch Wiederholung langweilig wurde, bekam die eine Katze eine Medaille um den Hals gehängt und die andere einen Verband um den Kopf. Anschließend forderte der Mann sie auf, sich in zwei Ecken der »Bühne« zu setzen.

Anschließend, fast unter der Nase der Katzen, trippelten die Mäuse über ein gespanntes Seil, ausgestattet mit zwei Balancierstangen *à la mode de Blondin*. Ein Vogel feuerte eine Spielzeugkanone ab, und ein anderer gab vor, tödlich getroffen zu sein. Er ließ sich in einen Sarg legen und von einem Leichenwagen zum Käfig bringen. Als der Wagen die Tür erreichte, erwachte der ›tote‹ Vogel plötzlich wieder zum Leben und hüpfte in den Käfig. Der angebliche Mörder wurde hingerichtet, indem er seinen Kopf in eine Schlinge steckte, die an einem Galgen hing. Ein anderer Vogel zog an der Schnur. Diese Darbietungen lockten immer viele Zuschauer an, obwohl die Rede ging, dass sich ein derartiges Verhalten bei Tieren nur mit Misshandlungen erreichen ließ. Ich weiß nicht, ob die Polizei die Vorstellungen für Verkehrsbehinderung hielt oder der Tierschutzverein einschritt, aber die ›Glücklichen Familien‹ wurden immer seltener. Die letzte habe ich in den 1880er-Jahren am Thames Embankment (Themse-Damm) gesehen, unweit der Charing Cross Bridge.« — *London and Londoners in the Eighteen-Fifties and Sixties* (London und Londoner in den 1850er- und 1860er-Jahren) von Alfred Rosling Bennett (1920)

Ein Narr und sein Geld trennen sich bald …

Für jene, die das Glück auf ihrer Seite zu haben glaubten, war die Straße der Ort, wo Unterhaltung *und* Profit warteten – obwohl Dodger *nie* gesehen hatte, dass jemand richtig riet, wenn der fröhliche Mann fragte, unter welchem Fingerhut die Erbse lag. Früher oder später *musste* sie doch unter dem Hütchen liegen, das man aussuchte. Aber wahrscheinlich vermochte nicht einmal Gottes Blick den flinken Fingern zu folgen …

Clowns mit Pferdehaarperücken oder auf Stelzen, Salamander (Feuerschlucker), Äquilibristen (Gleichgewichtskünstler), tanzende Bären, zahme Kamele, Schwertschlucker, Schlangenmenschen, die sich auf dem Boden wanden (ein sehr abenteuerlicher Beruf, wenn man bedachte, was so alles auf dem Boden lag), Frauen mit Schweinegesichtern, Flohzirkusse, Riesen, gefleckte Jungen … Das ganze Leben und noch mehr konnte man für ein kleines Eintrittsgeld auf der Straße sehen. Allerdings wünschte sich das Leben vielleicht etwas bessere Witze …

Lehrer: »Wann wurde Rom erbaut?«
Schüler: »In der Nacht.«
Lehrer: »Wie kommst du denn darauf?«
Schüler: »Nun, es heißt doch, Rom wurde nicht an einem Tag erbaut.«

Eine ältere Dame kommt zu einem Nervenarzt und bittet ihn, ihren Mann
von seinem Wahn zu heilen. »Er bildet sich ein, ein Pferd zu sein, nimmt
nur noch Hafer zu sich, wiehert und hat sich die Füße beschlagen lassen.«
Besorgt hört der Arzt zu. »Das wird aber eine langwierige Behandlung,
und teuer noch dazu«, wendet er ein. »Ach, das macht nichts«, sagt die Frau.
»Geld haben wir genug. Mein Mann hat schon drei Pferderennen gewonnen!«

HABEN SIE'S GEWUSST?

In der Zuschauermenge wetteiferten Sänger und Musikergruppen um Pennys. Der Lärm war so groß, dass die Leute sie manchmal fürs Weggehen bezahlten.

Leierkastenmänner

In den 1860er-Jahren gab es in London über tausend Leierkastenmänner, sehr zum Missfallen von Dodgers Freunden. Als der Wissenschaftler Charles Babbage, ein unverblümter Gegner dieser »Folterinstrumente«, 1871 starb, hieß es in seinem Nachruf, dass er trotz der »nervenzermürbenden Leierkastenverfolgung« fast 80 Jahre alt geworden sei.

Geschickt mit den Fäusten?

Dazu imstande, jemandem ordentlich eins auf die Nase zu geben? Die Wirte mancher Pubs verliehen Handschuhe für zwei Pence den Abend, und zwei Burschen veranstalteten dann eine große Boxschau für die anderen – »nicht für Geld, sondern für Bier« und »aus Spaß«, obwohl die Besten unter ihnen Profis sein konnten. Der Sieger gab dem anderen eins auf die Nase, und für gewöhnlich musste Blut fließen, als Beweis dafür, dass es ein ordentlicher Schlag gewesen war. Dodger kannte mehrere Leute, denen er gern eins auf die Nase gegeben hätte, und dazu wäre er auch ohne Bezahlung bereit gewesen.

Die Leute hielten ein lädiertes Gesicht für das Markenzeichen eines Boxers, doch da irrten sie. Ein lädiertes Gesicht wies auf einen Amateurboxer hin. Gute Boxer waren gern hübsch; es überraschte und verunsicherte ihre Gegner.

HABEN SIE'S GEWUSST?
James Kelly und Jonathan Smith stellten 1855 einen Rekord für den längsten Kampf mit bloßen Händen auf: 17 Runden über 6 Stunden und 15 Minuten. Sie kämpften in Australien (wobei sie vermutlich nicht auf dem Kopf standen, wie Dodger glaubte). Kelly gewann.

GEFÄLLIGER VORSCHLAG

»Wir haben erfahren, dass Sie der Herr sind, der mit Heenan übers große Wasser gekommen ist. Mein junger Freund, der Kellner, möchte gern gegen ihn antreten.«

Nachdem sich die Zuschauer das Spektakel im Pub angesehen hatten, konnten sie anschließend ihren eigenen Kampf führen, allerdings *draußen* …

»So wird's gemacht!«

Auf der Straße gab es nicht viel zu lachen, es sei denn, es wurde Kasperletheater aufgeführt. Über die Eskapaden des Kasperle (Mister Punch) und der anderen Figuren seiner Geschichte wurde viel und herzlich gelacht. Alle jubelten, wenn der böse Mister Punch seine gerechte Strafe erhielt und am Ende des ersten Akts im Gefängnis landete.

Bei einer typischen »Punch and Judy«-Vorstellung traten auf: Punch, Judy, das Kind, der Amtmann, Scaramouche, Nobody (Niemand), Jack Ketch, der große Herr, der Doktor, der Teufel, Toby der Hund, Merry Andrew und der Blinde – aber dem Betreiber des Kasperletheaters genügten vier Figuren, darunter natürlich Punch.

HABEN SIE'S GEWUSST?

➤ Die Figur des Mr. Punch geht auf Pulcinella zurück, einen Clown, der bei Wandertheatern im Italien des 15. Jahrhunderts auftrat.

➤ Für die quäkende Stimme des Punch verwendeten die Darbieter eine *Swazzle*, eine Pfeife in der Größe einer Knieschnalle, in schwarze Baumwolle gewickelt. Es konnte bis zu sechs Monate dauern, den richtigen Umgang damit zu erlernen.

➤ Punch war meist wie ein Hofnarr gekleidet und trug einen Hut mit Quasten. Damit er wie ein echter Bösewicht aussah, bekam er oft einen Buckel und eine große Hakennase, ein spitzes Kinn und einen Stock, mit dem er auf andere Figuren einschlug.

➤ Scaramouche war eine Figur, die zuerst im italienischen Theater erschien: ein Clown mit schwarzer Maske und recht skrupellos. In manchen Punch-and-Judy-Vorstellungen schlug Punch Scaramouche den Kopf ab, was dazu führte, dass »Scaramouche« zu einem Begriff für Puppen mit erweiterbarem Hals wurde.

➤ Ein »Bottler« (»Flaschler«, eigentlich: Abfüller) lockte Zuschauer an und sammelte ihre Pennys in einer Flasche. Er half auch bei Geräuscheffekten und bei der Musik.

PUNCH & JUDY

LADIES AND GENTLEMEN AND **CHILDREN**

FOR YOUR ENTERTAINMENT

MISTER PUNCH AND MISTRESS JUDY!
SEE PUNCH DROP THE BABY!
SEE JUDY WALLOP PUNCH!
CAN THE DOCTOR AVOID BEING WALLOPED?
WILL PUNCH ESCAPE THE NOOSE?
SHOW COMMENCES AT
2.30 P.M. **PROMPT**
1d ONE PENNY 1d
A CHILD

- Oft wurden »Happarate« benutzt, z. B. mehrere Galgen, eine Leiter, ein Pferd, eine Glocke und ein ausgestopfter Hund. Dodger bot einmal Solomons Hund Onan für den Job an, aber Onan hätte Zuschauer vertrieben, nicht angelockt.
- Die höchsten Einnahmen erzielte man mit Darbietungen vor feinen Häusern. Vorführungen auf der Straße brachten manchmal nur drei Pence ein.

OFFIZIELLE ZENSUR DER PANTOMIME

Polizist: »Gegen eine ruhige Vorführung hätte ich nichts einzuwenden gehabt. Aber das Gesetz direkt vor meinen Augen zu beleidigen!« *Ergrimmt.* »Zieht weiter, oder ich bringe euch hinter Schloss und Riegel!«

»Meiner Meinung nach bietet der Straßen-Kasperle (Punch) den Zuschauern eine gewisse Befreiung von den Realitäten des Lebens, und diese Form des Theaters verlöre an Wirkung, wenn es moralischer und belehrender wäre. Ich halte es für harmlos und nichts weiter als einen ausgefallenen, haarsträubenden Witz, demzufolge kein vernünftiger Mensch irgendwelche Taten oder bestimmte Verhaltensweisen erwartet. Ich glaube, bei diesen Darbietungen beobachten die Zuschauer lediglich mit heimlichem Vergnügen, wie die Ebenbilder von Männern und Frauen herumgestoßen und verprügelt werden, ohne dass jemand leiden muss.« — *The Letters of Charles Dickens, vol. V* (Die Briefe des Charles Dickens, Band V, 1847–1849)

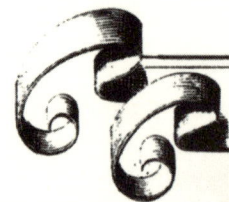

LESEN SIE ALLES DARÜBER!

Obwohl Sol ständig versucht hat, meinen Horizont zu erweitern: Ich habe immer gedacht, dass eine Zeitung vor allem fürs Klo nützlich ist. Aber dann hat mir mein Freund Charlie gezeigt, wie die Presse die Welt mit einigen geschriebenen Worten verändern kann. Ein Junge wird zu einem Helden und ein Politiker zu einem tapferen Recken. Sie haben doch sicher von Charlie gehört, oder? Schreibt die ganze Zeit über, notiert sich pausenlos irgendwelche Sachen. Wollte ein Peeler werden, ein Polizist ...

Hier lernen wir jene kennen, die sich auf den abscheulichsten und extravagantesten Gebrauch der (englischen) Sprache spezialisiert haben und bestrebt sind, auf eine Weise über die jüngsten Ereignisse zu berichten, die ihnen ein möglichst hohes Einkommen sichert.

HABEN SIE'S GEWUSST?
Journalisten waren als »Zeilenschinder« bekannt, da sie einen Penny pro Zeile bekamen, und fassten sich nicht kurz, wenn sie stattdessen von einer ganzen Bibliothek Gebrauch machen konnten.

——— Fleet Street ———

Die Fleet Street galt als Herz von Londons Zeitungswesen. Wohin man auch blickte, überall sah man Männer und Jungen voller Tintenflecken, die von Ort zu Ort eilten (vor allem *ins Zentrum des Geschehens*), damit alle darüber lesen konnten,

* *was* geschehen war – ein »schrecklicher Mord« zählte zu den Favoriten;
* *warum* es geschehen war;
* was als *Nächstes* geschehen würde: Hinrichtung bei Newgate oder Tyburn?
* Und besonders wichtig, damit die Bürger einen schönen Ausflugstag einplanen konnten, wenn es sich um eine Hinrichtung handelte: *wann* es geschehen würde.

Schwere Zeiten für einen Fluss?

Der Name der Fleet Street ging auf den Fluss namens Fleet zurück, für den die damaligen Zeiten schwer gewesen waren, ähnelte er doch eher einem offenen Abwasserkanal. Er trug nicht nur Wasser zur guten alten Themse (beziehungsweise eine Brühe, die sich als Wasser ausgab), sondern auch tote Katzen und andere Abfälle der Stadt.

⚜ Der *Morning Chronicle* ⚜

Solomons Weisheit: »Auf das Angesicht der bestehenden Welt malen die Menschen die Welt, die sie gern sähen. Deshalb erblicken sie manchmal erschlagene Drachen, und wo es Lücken gibt, werden sie von der Phantasie der Menschen gefüllt.«

Dodger lernte die Welt der Presse kennen, als Charles Dickens ihn in seinem Büro beim *Morning Chronicle* empfing – Dickens' erster Arbeitgeber, der auch Mayhews Artikel über die Armen von London veröffentlichte. Dodger wurde nie ein echter Freund der Zeitungen. Zu tief war in ihm das Prinzip verwurzelt, dass man seinen Namen möglichst nirgends niederschrieb. Doch er konnte nicht umhin, sich ein wenig geschmeichelt zu fühlen, als man ihn einen Helden nannte und Geld für ihn sammelte.

Charles Dickens (1812–1870)

> »Angeblich braucht er einen nur einmal anzusehen, und schon hat er einen umfassenden Eindruck gewonnen – von der Sprechweise bis hin zu der Art, wie man in der Nase bohrt.«
> – *Solomon über Charlie*

HABEN SIE'S GEWUSST?

- Dickens' Vater wurde wegen Schulden ins Gefängnis geworfen, und der junge Charles musste die Schule verlassen und in einer Fabrik arbeiten. Dort klebte er Etiketten auf Schuhcremegläser, wofür er sechs Schillinge die Woche verdiente.
- Er wollte Schauspieler werden, verpasste aber eine Chance zum Vorsprechen, weil er sich zum falschen Zeitpunkt eine Erkältung holte.
- Unter dem Namen »Boz« schrieb er Kurzgeschichten für den *Chronicle*.
- Sein erster Roman *The Posthumous Papers of the Pickwick Club* (Die Pickwickier) erschien in 20 Teilen monatlich zwischen März 1836 und Oktober 1837 und machte ihn praktisch über Nacht berühmt.
- In vielen seiner Romane verarbeitete er eigene Erfahrungen und die Namen von Personen, denen er begegnet war. Ein Beispiel: Der Junge, der ihm in der Fabrik zeigte, wie man die Etiketten aufklebte, hieß Fagin (siehe *Oliver Twist*).
- Zusammen mit Angela Burdett-Coutts gründete Dickens »Urania Cottage«, ein Heim für Frauen, die »gefallen« waren und wieder aufstehen wollten (indem sie heirateten oder auswanderten).

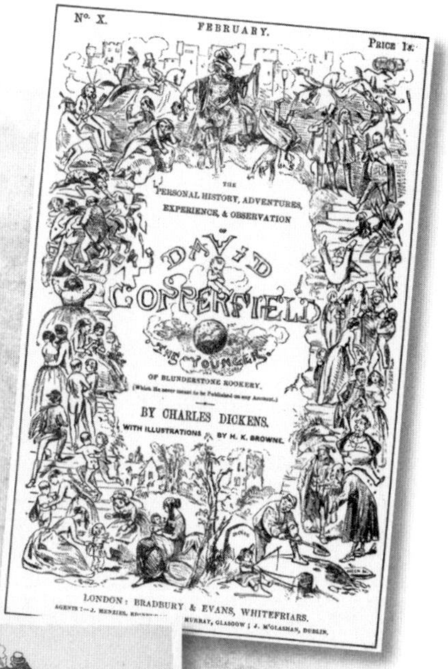

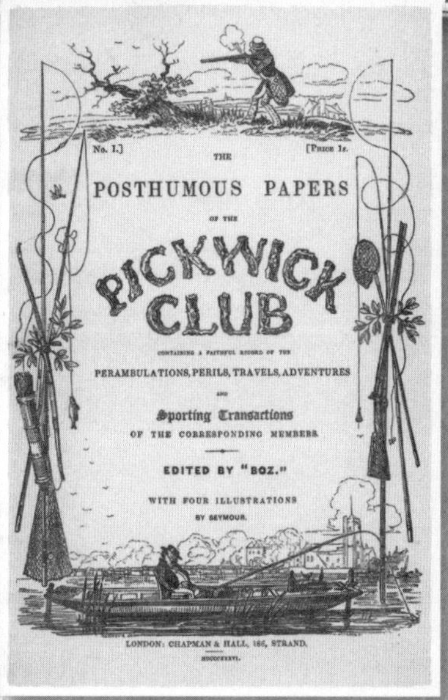

»Manchmal glaube ich, dass er selbst gern ein Peeler wäre, wenn ich ihn nur ließe. Bestimmt gäbe er einen guten Peeler ab, wenn er nicht dauernd kritzeln und schreiben, kritzeln und schreiben würde.«
– *Sir Robert Peel zu Dodger,* über Charlie.

So bringt man sie zum Lachen … und zum Nachdenken!

Das Satiremagazin *Punch* wurde 1841 von Dodgers Freund Henry Mayhew und dem Graveur Ebenezer Landells gegründet, mit einem Startkapital von nur 25 Pfund. Die Zeitschrift erschien wöchentlich und wurde bekannt für ihren Humor und ihr soziales Engagement. Man bekam eine Menge für nur drei Pence.

John Tenniel (1820–1914)

Ein weiterer Schreiber, aber von anderer Art. Tenniel war ein Künstler, der für *Punch* hervorragende Karikaturen schuf, oft mit einem sehr ernsten politischen und gesellschaftlichen Hintergrund.

* Tenniel zeichnete erstaunliche 2165 Karikaturen für *Punch*.
* Er zeichnete auch die Bilder für Lewis Carrolls *Alice im Wunderland* und *Alice hinter den Spiegeln.*
* Königin Victoria schlug ihn 1893 zum Ritter, und er galt als lebendes Nationalheiligtum. Er schaffte es, diesen Status 21 Jahre lang zu bewahren, bis er 1914 zu einem toten Nationalheiligtum wurde.

Ein unzuverlässiges Auge?

Es ist umso erstaunlicher, dass Tenniel so gut zeichnen konnte, weil er als junger Mann vom Degen seines Vaters beim Fechten am rechten Auge verletzt wurde. Im Lauf der Jahre verlor er dort das Sehvermögen, was sicher ein erhebliches Handicap für einen Künstler wie ihn war.

Modell gesucht! Eine Tenniel-Zeichnung, die sein tägliches Dilemma zeigte:

EIN FREUND IN NOT

Unser Künstler: »Oh, alter Knabe! Ich bin ja so froh, dich zu sehen! Mein Modell ist nicht gekommen, und ich muss mit dem Bild fertig werden. Du hast sicher nichts dagegen, für eine Stunde mein toter Artillerist zu sein.«

Groschenhefte, Groschenromane …
(aber nicht für einen Groschen, sondern für einen Penny)

In den Armenvierteln von London wurde nicht viel gelesen. Wer hatte Zeit dazu, wenn man so sehr mit dem Überleben beschäftigt war? Aber jede Woche erschienen reißerische Fortsetzungsgeschichten, die nur einen Penny pro Ausgabe kosteten und sich bei jungen Lesern großer Beliebtheit erfreuten – je reißerischer, desto besser.

* Haltet den Atem an, wenn der Straßenräuber Dick Turpin – ein Schurke erster Güte – dem Henker ein Schnippchen schlägt und mit Black Bess zu seinem phänomenalen Ritt nach York aufbricht. (Die ganze Geschichte besteht aus 254 Episoden, fast fünf Jahre spannende Geschichten für einen Penny die Woche!)
* Fiebert mit, wenn Sprungfuß-Jack über hohe Gebäude hinwegsetzt, die Klauen bereit, die Augen wie zwei rot glühende Kohlen in der Finsternis!
* Erschauert bei den blutigen Eskapaden von Varney Vampir und jubelt, wenn sich sein schreckliches Schicksal mit einem Sturz in die Gluthölle des Vulkans Vesuv erfüllt!

Viele kauften den ersten Teil der Fortsetzungsgeschichte, um zu sehen, wie sie war; andere lasen jede Woche weiter. Und wenn sie alles gelesen hatten, konnten die Hefte für einen halben Penny weiterverkauft oder auf dem Klo einem guten Zweck zugeführt werden: Dort fand man Gelegenheit, seinen Hintern am niederträchtigsten Schurken abzuwischen.

Eins der beliebtesten Groschenhefte erzählte die Geschichte des teuflischen Friseurs der
Fleet Street ...

Das Groschenheft, das die Geschichte von Sweeney Todd und seinem Rasiermesser* erzählte, war ein Riesenerfolg. Aber Dodger, der einige alte Troupiers kannte und wusste,
dass Sweeney Todd Feldscher auf Europas Schlachtfeldern gewesen war, hielt ihn ebenso
für ein Opfer wie die sechs Männer, denen er die Kehle durchgeschnitten hatte (und die
in dieser Hinsicht vermutlich anderer Meinung gewesen wären). Im Krieg verlieren Soldaten nicht nur Gliedmaßen, sondern manchmal auch den Verstand ...

*Sweeney Todd ermordete Menschen, aber
eigentlich war er kein Mörder. Der Krieg
hatte ihn um den Verstand gebracht;
andernfalls wäre er vielleicht ein ganz
gewöhnlicher Friseur gewesen, der seinen
Kunden nicht die Kehle durchschnitt.*

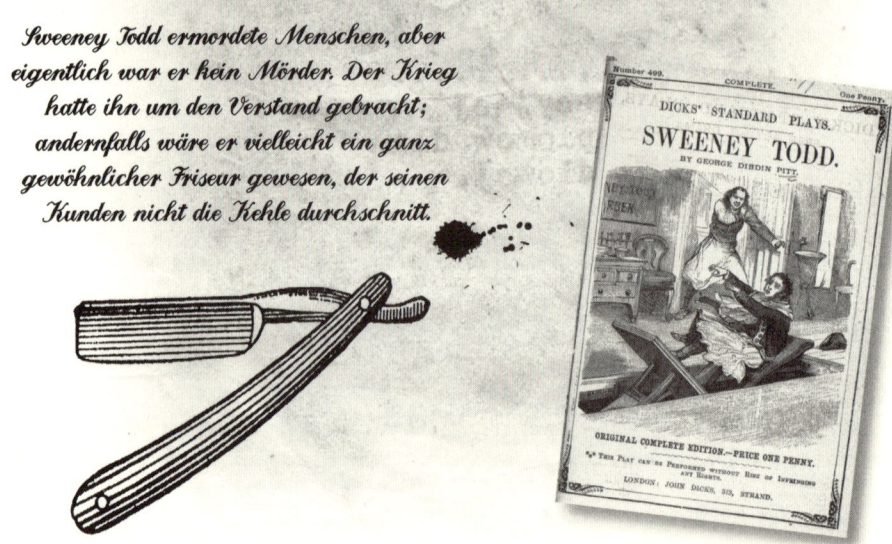

---

* Sweeney Todd war eine erfundene Figur, die in Terry Pratchetts Roman *Dunkle Halunken (Dodger)* verwendet wurde.
Im Gegensatz zu anderen Personen in diesem Buch war sie nur das Produkt eines schöpferischen Geistes. Allerdings
könnten traumatische Kriegserlebnisse durchaus zu einem derartigen Verhalten geführt haben.

THE ILLUSTRATED
POLICE ☙ NEWS

WÖCHENTLICHER BERICHT ÜBER VERBRECHEN UND NIEDERTRACHT

| NR. 235 | SAMSTAG, 13. NOVEMBER 1845 | PREIS: EIN PENNY |

SCHRECKLICHE MORDE IN DER FLEET STREET

In einem Keller voller Blut wurde der bekannte Reporter Charles Dickens Zeuge der Verhaftung von Mr. Sweeney Todd, einem verrückten Mörder, dessen Taten in die Geschichte eingehen werden und die zu den schrecklichsten Verbrechen gehören, die unsere Stadt je erlebt hat.

Das Schild »Glatte Rasur für einen Penny, so gut wie sonst nirgends« lockte ahnungslose Kunden in den Friseursalon dieses Teufels. Als sie auf dem Stuhl des Todes saßen, schnitt er ihnen mit der Kraft des Wahnsinns die Kehle durch.

MIT DEM RASIERMESSER
BRACHTE ER SEINE OPFER UM.

Seine Schreckensherrschaft fand ihr Ende durch den Mut und die Geistesgegenwart eines jungen Helden, der nach Auskunft von Polizisten den Mörder zur Strecke brachte, als sich das tödliche Rasiermesser seiner ungeschützten Kehle näherte. Furchtlos trat der junge Held vor, rang den Schurken zu Boden und zog dem teuflischen Friseur die unheilvolle Waffe aus der verfluchten Hand.

Obwohl der bescheidene junge Mann fast sein Leben verloren hätte, sagte er aus, die Gesellschaft solle Mitleid mit dem armen Mann haben, der ein Opfer der letzten Kriege sei. In aller Aufrichtigkeit und sehr beredt bittet er uns alle: »Er ist kein Teufel, Sir, obwohl ich glaube, dass er vielleicht die Hölle gesehen hat, und ich bin kein Held, Sir, wirklich nicht. Er war nicht böse, sondern verrückt und traurig, ein Opfer seines Wahns.«

Der *News Chronicle,* für den Charles Dickens arbeitet, berichtet von einer Spendensammlung für den jungen Helden, der aus ärmlichsten Verhältnissen stammt. Sie wird als Anerkennung seines Mutes und seiner moralischen Stärke veranstaltet und soll ihn aus seiner beengten Lage herausholen.

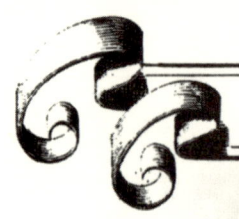

VON PIP ZU JACK,
MIT DODGER DAZWISCHEN …

Wie ich sehr wohl weiß, kann einem der Name, den man bekommen hat,
viel Ärger machen. Zum Glück bekam ich im Waisenhaus, wo ich aufgewachsen bin,
den Spitznamen „Dodger", denn dadurch konnte ich den anderen Namen ablegen,
den man mir als Baby gegeben hatte (Pip Stick). Namen machen vielleicht keine Leute,
aber wenn man den falschen hat, kriegt man als Kind jede Menge Ärger.

Viele Faktoren nahmen Einfluss auf den Namen eines Kindes, und die Namen der feinen Leute – bei denen es viele Georges und Victorias gab, als eröffne sich auf diese Weise ein Zugang zum Königshaus – lauteten oft anders als die in den Armenvierteln. Ein gewisses Wunschdenken (die Hoffnung, dass das Kind dem gegebenen Namen entsprechen möge) spielte sicher eine Rolle bei Namen wie Charity (Barmherzigkeit), Hope (Hoffnung) oder Mercy (Gnade). Jane Mayhew z. B. wählte »Simplicity« (Einfachheit).

HABEN SIE'S GEWUSST?

➤ Queen Victoria und Prince Albert hatten neun Kinder: Victoria Adelaide Mary, Albert Edward, Alice Maud Mary, Alfred Ernest Albert, Helena Augusta Victoria, Louise Caroline Alberta, Arthur William Patrick, Leopold George Duncan und Beatrice Mary Victoria. Offenbar mussten viele Namen berücksichtigt werden!

➤ Die zehn beliebtesten viktorianischen Namen für Knaben lauteten: John, William, James, George, Charles, Joseph, Frank, Robert, Edward und Henry. Diese Liste enthält viele alte Könige, aber nicht einen Albert.

➤ Und die Mädchen: Mary, Anna, Margaret, Helen, Elizabeth, Ruth, Florence, Ethel, Emma und Marie.

Die meisten Bekannten von Dodger – die in den Armenvierteln – hatten unterwegs aufgesammelte Namen. Er kannte also Leute, die z. B. so hießen: Schmutziger Benjamin, Einarmiger Dave oder Dreckige Dora, nicht zu vergessen alte Veteranen wie Holzbein Higgins.

Aber in den Armenvierteln waren natürlich die Namen am besten, an die man sich nicht erinnern konnte, wenn jemand Fragen stellte. »Dodger? Nie von ihm gehört.« Oder: »Mister Dodger? Hab ihn nie gesehen, Chef! Bestimmt meinen Sie einen anderen.«

——❧ Londoner Straßennamen ❧——

In Londons East End bezogen sich zahlreiche Namen auf Berufe und Arbeit. Es gab Straßen wie »Ironmonger Lane« (Eisenwarenweg) oder »Three Cranes Lane« (Drei-Kräne-Weg; dort standen drei hölzerne Kräne am Kai). Die Namen konnten auch Kirchen oder wichtige Personen betreffen, die einst an diesem Ort gelebt hatten. Der Ursprung anderer Namen war hingegen nicht immer leicht zu bestimmen ...

Battle Bridge Lane: ein sehr alter Name, nach dem Ort, wo die Römer Boudicca besiegten

Cheapside: nach einem alten Wort für Markt, »chepe«

Crutched Friars: Dort gab es ein Haus der »Crouched« oder »Crossed Friars«, einer im 13. Jahrhundert gegründeten Ordensgemeinschaft. Ihr Name bezog sich auf den Stab, den die Ordensbrüder trugen und an dem ein Kruzifix befestigt war.

Fetter Lane: »Fewterer« nannte man die Faulenzer und Tagediebe, die sich in dieser Gegend herumtrieben.

Fyfoot Lane: ein Weg, der an einem Ende nur fünf Fuß (five feet) lang war

Mayfair: Hier fand jedes Jahr im Mai ein Jahrmarkt statt, die St. James's Fair.

Pall Mall: Ein mittelalterliches Spiel namens Pell-Mell (ein bisschen wie Krocket) wurde hier zur Zeit von Karl I. gespielt.

Poultry: Ein großartiger Ort für den Kauf eines Huhns! Ein kleiner Hof in der Nähe wurde »Scalding Alley« genannt, wo totes Geflügel gerupft und abgebrüht wurde.

Seven Dials: Sieben Straßen und eine in sieben Abschnitte unterteilte Sonnenuhr an einer Säule. Mr. Catnach, der Balladen druckte, lebte hier – für einen Penny konnte man einen Meter Balladen kaufen.

Shadwell: benannt nach einer guten Quelle (einer »shady well«) unweit der Kirche

Smithfield: Dieser Name geht wahrscheinlich auf die Anzahl der Schmiede zurück, die hier ihre Werkstätten einrichteten, wenn es einen großen Pferde- und Viehmarkt in der Nähe gab.

Tokenhouse Yard: Sitz der alten Münzstätte, wo Wertscheine herausgegeben und gewechselt wurden

Wapping: Ein alter Name für ein Schiffstau lautete »wapp«, und im Bereich von Wapping gab es viele mit der Seefahrt in Verbindung stehende Berufe. Dort wurden Segel und Seile hergestellt und Schiffe gebaut.

SEHENSWÜRDIGKEITEN FÜR
DAS FORSCHENDE AUGE

Viele Leute kommen nie aus der Quadratmeile der Straßen hinaus, in denen ich aufgewachsen bin. Aber außerhalb davon … Nun, wenn man ein bisschen weiter blickt, sieht man ein ganz anderes London, eine glitzernde und glänzende neue Welt mit einer neuen, jungen Königin, eine Stadt, die neue Menschen braucht. Solomon öffnete mir die Augen für die Gelegenheiten dort draußen, und Miss Simplicity gab mir Grund, eine Schippe draufzulegen.

Dodger hatte recht. Gute Aussichten erwarteten den klugen jungen Mann. Und die viktorianische Epoche begnügte sich nicht mit einer glorreichen Stadt, nein, sie wollte eine glorreiche Stadt mit allen Schikanen. Aber wir beginnen wie üblich mit dem Bereich, den Dodger so gut kannte, mit dem »East End« genannten Viertel, wo sich die meisten (armen) Leute um ihre eigenen Angelegenheiten kümmerten, allerdings mit aufmerksamem Blick für die Angelegenheiten anderer Leute (und auch für deren Besitz).

⸺ ❧ Die Bow-Glocken ❧ ⸺

Die Tradition sagt, dass ein Kind mit dem Klang der Bow-Glocken geboren sein muss, um ein wahrer Cockney zu sein. Es ist allerdings nicht ganz klar, was die Mutter lieber gehört hätte: lautes Geläut oder die Stimme ihres gerade geborenen Kindes.

HABEN SIE'S GEWUSST?

➤ Mit »Bow-Glocken« sind nicht die Glocken in Bow gemeint, sondern die der Kirche St. Mary-le-Bow in Cheapside, direkt im Herzen der bereits erwähnten Quadratmeile. Die Glocken können sechs Meilen weit nach Osten, fünf Meilen nach Norden, drei nach Süden und vier nach Westen gehört werden (was zu Dodgers Zeiten allerdings vom Ausmaß des Geschreis auf der Straße abhing).

➤ Meilensteine an einigen Straßen von London zeigten die Meilenlänge von St. Mary-le-Bows Kirchentür. Eine gusseiserne Darstellung von Bogen und Glocken schmückte die Meilensteine.

Orangen und Zitronen

Die Bow-Glocken spielten bei diesem Singspiel für Kinder eine wichtige Rolle. Zwei Spieler formen einen Bogen, und andere Kinder müssen hindurch und anschließend einen noch größeren Bogen formen. Bei der letzten Zeile des Lieds springt das Kind, das gerade durch den Tunnel aus Armen schlüpft, um nicht gefangen zu werden. Die Verse nennen auch einige andere Glocken von London.

Orangen und Zitronen,
Sagen die Glocken von St. Clement's.

Du schuldest mir fünf Farthings,
Sagen die Glocken von St. Martin's.

Wann willst du mich bezahlen?,
Fragen die Glocken von Old Bailey.

Wenn ich reich werde,
Sagen die Glocken von Shoreditch.

Wann wird das sein?,
Fragen die Glocken von Stepney.

Ich weiß nicht,
Sagt die große Glocke von Bow.

Hier kommt eine Kerze und leuchtet dir zum Bett,
Und hier kommt ein Beil, um dir abzuschlagen den Kopf.

HABEN SIE'S GEWUSST?

Die letzten Zeilen des Lieds beziehen sich auf die Todeszellen der Gefangenen, die am Tyburn Tree hingerichtet wurden. Um Mitternacht am Sonntag vor ihrer Exekution erfuhren sie das Datum der Hinrichtung vom Nachtwächter der Kirche St. Sepulchre, der mit einer Kerze kam. Und in der Nacht vor dem letzten Gang der Verurteilten wurde eine große Handglocke – die Exekutionsglocke – geläutet.

Der große Vater aller Glocken … dürfte die große Glocke von Westminster sein, 60 Meter hoch im Turm: Big Ben.

HABEN SIE'S GEWUSST?

- Sechzehn Pferde waren nötig, um die riesige Glocke auf Rollwagen zum Turm zu ziehen.
- Die Glocke bekam beim ersten Test einen über zwei Meter langen Riss. Daraufhin schmolz der Hersteller Whitechapel Bell Foundry sie ein und goss eine neue, die zwei Monate durchhielt, bevor sie ebenfalls einen Riss bekam.
- Aller guten Dinge sind drei. Die Glocke wurde repariert und gedreht, damit der Hammer – dessen Gewicht man reduziert hatte – auf eine andere Stelle traf.
- Die Glocke ist 2,2 Meter hoch und 2,9 Meter breit.

❦ London Bridge ❦

Für Dodger hatte es den Anschein, als seien Stadt und Fluss dasselbe Wesen, aber einige Teile waren besser als andere. Eine der verkehrsreichsten Straßen der Stadt führte über die London Bridge, nicht nur eine der wenigen Möglichkeiten zur Überquerung des Flusses, ohne die Dienste eines Fährmanns in Anspruch zu nehmen, sondern auch Gegenstand eines weiteren Kinderlieds, das große Ähnlichkeit mit *Orangen und Zitronen* aufwies – offenbar spielten die Kleinen gern, dass Köpfe abgeschlagen wurden. Eine andere Version des Lieds nahm Bezug auf die vielen Taschendiebe: Wenn man die Brücke überquerte, sollte man gut auf seine Brieftasche achtgeben.

Die London Bridge fällt,
Sie fällt, sie fällt,
Die London Bridge fällt,
Meine holde Dame.

Oder:

Wer hat meine Uhr und Kette gestohlen,
Uhr und Kette, Uhr und Kette,
Wer hat meine Uhr und Kette gestohlen,
Meine holde Dame?

Ins Gefängnis musst du gehen,
Musst du gehen, musst du gehen,
Ins Gefängnis musst du gehen,
Meine holde Dame.

Piccadilly Circus

Das Zentrum von London, ein Ort, den offenbar alle mit der Kutsche erreichen wollen …

»Piccadilly Circus, Meister, wegen des Regens völlig verstopft … Die Blödmänner kommen hier von allen Seiten und verstopfen dauernd die Straßen. Ich schätze, es liegt an den verdammten Vierspännern. Sollten in der Stadt nicht erlaubt sein, Kutschen mit vier Pferden!« – *Kutscher zu Dodger*

✳ Man glaubt, dass Piccadilly Circus den Namen von einem Schneider im 16. Jahrhundert bekam, der in seinem Laden »Pickadels« verkaufte, Rüschenkragen für Männer.
✳ In Piccadilly lebten Menschen wie z. B. Lord Byron, Lord Palmerston und Nelsons Geliebte Lady Hamilton.
✳ Man nannte den Ort »Circus«, weil er zuerst als Kreis geplant war, wie eine Zirkusarena.
✳ Eros, auf einem Bein stehend, krönt den Springbrunnen (1893 erbaut) und hält einen Bogen, aber der Bildhauer gab ihm keine Pfeile.

St. Paul's Cathedral

HABEN SIE'S GEWUSST?

➤ Die große Westtür der Kathedrale ist neun Meter hoch.
➤ Ganz oben auf den beiden Westtürmen befindet sich eine Ananas.
➤ Die Kathedrale ist in der Form eines Kreuzes errichtet, und die zentrale Kuppel ragt über 100 Meter hoch auf.
➤ Zu den in St. Paul's begrabenen Persönlichkeiten gehören Wellington, Nelson und Christopher Wren.
➤ Als Wellington 1852 dort bestattet wurde, kam eine Million Menschen zu seinem Begräbnis.

⚜ Albertopolis ⚜

Mit den Einkünften aus der Londoner Industrieausstellung von 1851 erwarb Prinz Albert – Präsident der Royal Commission, der königlichen Kommission – Land im Westen von London, wo einige große Museen errichtet wurden.

HABEN SIE'S GEWUSST?

- ➜ Der betreffende Bereich wurde »Albertopolis« genannt.
- ➜ Der Name der Hauptstraße, Exhibition Road, bezieht sich auf die »Great Exhibition«, die Londoner Industrieausstellung von 1851.
- ➜ Der erste Direktor des Victoria and Albert Museum war Henry Cole, der immer seinen kleinen Hund zur Arbeit mitnahm und im Garten in der Mitte des Museums begraben ist.
- ➜ Das Natural History Museum (Naturhistorisches Museum) folgte bald. Es wurde 1881 eröffnet und von der *Times* »wahrer Tempel der Natur« genannt.

⚜ Die Royal Albert Hall ⚜

Von Prinz Albert, einem großen Musikliebhaber, als Musiksaal geplant, bekam die Royal Albert Hall ihren Namen nach seinem Tod von Königin Victoria, die im Mai 1867 den Grundstein legte. Aber nicht alle waren beeindruckt ...

»Eine monströse Mischung aus Kolosseum, Rom und einer Yorkshire Pie.«
– *Saturday Review* über die Eröffnung 1870

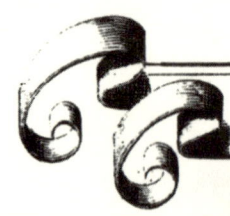

WENN NUR EIN GEBET HILFT

Die Bewohner der Armenviertel halten sich meistens von Kirchen fern (obwohl der alte Sol'n echter Stammgast in seiner Synagoge ist). Meine Freunde gerieten nur dann in Versuchung, eins dieser Gotteshäuser zu betreten, wenn es mehr zu bieten hat als ein bisschen Bibel, und hier meine ich was zu futtern. Es ist erstaunlich, wie viele Hallelujas man ertragen kann, wenn sie von einer Pastete begleitet werden, obwohl es die Pfaffen nicht versäumen, einem die eine oder andere Belehrung zu geben. Manchmal versuchen sie auch, einem einen ordentlichen Schrecken einzujagen, z. B. mit Warnungen vor dem Höllenfeuer. Das Feuer einer gebackenen Kartoffel ist da viel angenehmer! Was die feinen Leute betrifft ... Na ja, Gott scheint viel mit den Reichen zu tun zu haben, wahrscheinlich deshalb, weil sie den Bauch bereits gut gefüllt haben, wenn sie zum Gebet niederknien, was bedeutet, dass Gott kaum etwas tun muss. Wohlgemerkt, einige der Missionare sind ganz in Ordnung, aber man muss bei ihnen auch aufpassen, weil sie einem einen Job verschaffen könnten. Wie dem auch sei, ich habe Ehrfurcht vor Miss Angela Burdett-Coutts, die mehr Geld als Krösipus hat und die ganze Zeit über Leuten zu einer Arbeit verhilft, mit denen sie sich den Lebensunterhalt verdienen können. Sie war es, die mir das Lesen beibrachte. Sie richtete kleine Lesezimmer ein, in denen Arme lernen konnten, zu lesen und zu schreiben. Und wisst ihr was? Wenn man lesen und schreiben kann, steht einem die ganze Welt offen.

Dodger zu Angela Burdett-Coutts: »Ich habe gehört, dass Jesus auf dem Wasser gegangen ist, also weiß er vielleicht ein bisschen was übers Toshen, obwohl ich ihn dort unten nie gesehen habe. Womit ich ihm nicht zu nahe treten möchte, denn im Dunkeln sieht man nicht jeden.«

Himmel über den Wolken?

Im Gespräch mit Dodgers Freund Henry Mayhew befürchtete ein Gemüsemädchen vielleicht, dass es unter den Engeln nur wenige Gemüsejungen gab, insbesondere solche, die mit seidenen Worten und schlauen Händen (oder vielleicht umgekehrt?) brave Mädchen zu Fall brachten. Es sagte: »Wenn ein guter Mensch stirbt, heißt es, dass der Herr ihn gerufen hat und er daher gehen musste. Aber ich weiß nicht, was das bedeuten soll, es sei denn, ein Engel kommt und sagt dem Betreffenden, dass er im Himmel gebraucht wird. Ich weiß, wo der Himmel ist. Er befindet sich über den Wolken, und die Wolken sind dort, damit man nicht hineinsehen kann.«

Die schmutzige Luft hätte kaum geholfen. Ein Engel, der dumm genug gewesen wäre, sich durch den Nebel in eins der Armenviertel zu wagen, hätte schon nach kurzer Zeit jede Menge Ruß auf den Flügeln gehabt, und dann wäre es ihm sicher schwergefallen, wieder gen Himmel zu fliegen.

Die Kirche St. Never*

> Schuldner, Bankiers und Politiker beten am Altar von St. Never.

Bei einer Gelegenheit besuchte Dodger die Kirche St. Never im kleinen Viertel Four Farthings (was ungefähr der Menge des Geldes im Opferstock entsprach). Offenbar war dieser Heilige zuständig für Ereignisse, die nie geschahen, weshalb gewisse leichte Damen von Zeit zu Zeit die Kirche betraten und die eine oder andere Münze für St. Never spendeten. Allerdings war Mrs. Holland zuverlässiger, wenn auch teurer – und der Preis, den sie verlangte, ließ sich manchmal nicht mit Geld bezahlen.

Vor seinen Schöpfer treten

Dodger kannte viele Leute, die auf der Straße einfach tot umgefallen oder im Fluss ertrunken waren wie die armen jungen Frauen, die von den Brücken sprangen. Manchmal starb jemand wie Dodgers alter Mentor »Opa«, der sich den Ratten in den Abwasserkanälen überließ. Doch Londons Friedhöfe waren noch voller als die Pennen, und ungesunde Gase stiegen von den überbelegten Kirchhöfen auf.

> Der Geruch des Todes hatte ein sonderbares Eigenleben; er fand seinen Weg überallhin, und man entkam ihm kaum. In dieser Hinsicht ähnelte er dem Gestank von Onan …

---

* Diese Kirche ist von Terry Pratchett erfunden, ebenso wie das kleine Viertel Four Farthings. Beides existiert nicht, aber es wäre schön, sich dafür einen Platz in der Realität vorzustellen.

Winchester-Gänse

Auf dem Crossbones-Friedhof in Southwark wurden alleinstehende Frauen bestattet, die nicht nur in die Gosse gefallen waren, sondern noch tiefer – ins Grab. Der Friedhof gehörte dem Bischof von Winchester, und man nannte die armen Mädchen »Winchester-Geese«, Winchester-Gänse.

HABEN SIE'S GEWUSST?

- ✦ Leichen wurden oft eine Woche nach der Bestattung ausgegraben, zerhackt und verbrannt.
- ✦ Andere Leichen wurden an Krankenhäuser verkauft und endeten unter den Skalpellen der Medizinstudenten.
- ✦ Bis 1823 wurden Selbstmörder oft auf der Straße begraben. Man schlug einen Pflock in die Leiche, um die Seele am Wandern zu hindern.
- ✦ »See you in Lavender« (Wir sehen uns in Lavender) war eine Redensart, die sich auf den Friedhof von Lavender Hill bezog. Oft wurde sie als Drohung verwendet (oder als Versprechen).
- ✦ Aus den Zähnen kürzlich verstorbener Personen stellte man Zahnprothesen her, und ein gewisser Edwin Clayton in Yorkshire schaffte es, seinen neuen Zähnen eine zweite Reise zum Bestatter zu ermöglichen (und einen dritten Eigentümer), als er nach dem Verschlucken des künstlichen Gebisses verstarb.

Lasst sie uns zu zehnt begraben, lasst uns ein Mausoleum errichten!

Selbst im Tod spielte der soziale Status eine wichtige Rolle in Dodgers London. Für die feinen Leute der Stadt war eine Bestattung tatsächlich eine überaus ernste Angelegenheit, und da Königin Victoria seit Alberts Tod praktisch ständig trauerte, zog sich das Trauern ganz allgemein in die Länge. 1832 bildeten sieben private Friedhöfe – die »Magnificent Seven«, die Prächtigen Sieben – einen Ring um London, der nächste in Dodgers Nachbarschaft lag in Tower Hamlets. Familien konnten nun mit den Nachbarn Schritt halten (selbst im Tod), indem sie große Gedenkstätten und Familiengrüfte bauten.

* Familien konnten auf die Dienste von »Trauernden« zurückgreifen. Für ein paar Pennys folgten sie dem Sarg und wirkten dabei angemessen traurig. Für ein paar Pennys mehr sprachen sie sogar. Für einen Schilling waren sie bereit, wie Nachtigallen zu singen und die Seele des Verstorbenen auf diese Weise zum Himmel zu geleiten.

* Manche Menschen hatten solche Angst, lebendig begraben zu werden (was durchaus vorkam!), dass sie eine Glocke im Sarg anbringen ließen, damit sie läuten konnten, falls sie nach der Beisetzung erwachen sollten. Stellen Sie sich vor, Sie gehen über den Friedhof und hören das Läuten einer Glocke aus einem frischen Grab …

Memento mori

Im Leben sind wir ständig vom Tod umgeben, und »Momento mori« waren Gegenstände, die Familien daran erinnerten (obwohl man in den Armenvierteln nicht lange nach Hinweisen auf Sterblichkeit suchen musste; ein Blick in den Fluss genügte oft). Man bewahrte eine Locke oder ein persönliches Schmuckstück auf. Als die Fotografie aufkam, wurde das tote Familienmitglied einige Tage nach dem Ableben fotografiert, oft zusammen mit anderen Mitgliedern der Familie – was dem Fotografen keine große Chance einräumte, die »gute Seite« des Fotografierten einzufangen. Bei Kleinkindern behielt die Familie den Leichnam manchmal zu Hause, bis er mumifizierte, und stellte ihn dann wie ein Ornament aus – ein Wertgegenstand der Familie, den ein Snakesman gewiss nicht anrührte.

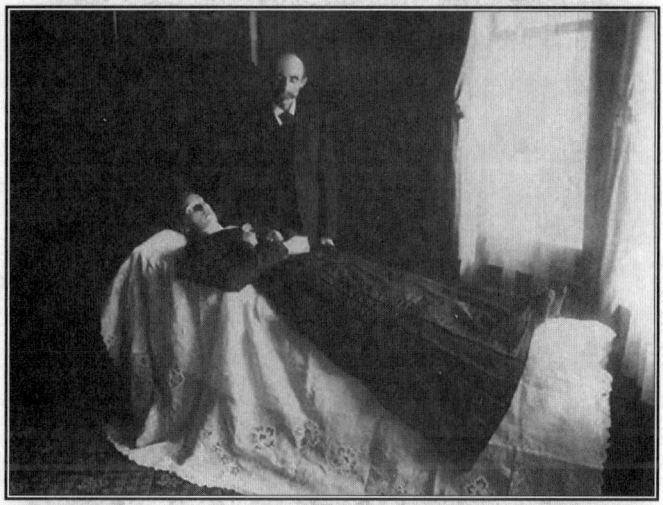

Abergläubisch?

Was den Tod betraf, nahmen die Viktorianer nicht nur den kleinen Finger, sondern die ganze Hand. Hier einige Beispiele:

* Wenn ein Spatz hereinfliegt und sich auf ein Klavier setzt, so muss in dem betreffenden Haus früher oder später jemand sterben.
* Wenn jemand stirbt, müssen alle Uhren in dem Zimmer angehalten und die Spiegel abgedeckt werden.
* Wenn ein Trauerzug durch die Straße kommt, sollte man ihm nicht unmittelbar gegenübertreten. Für den Fall, dass man nicht ausweichen kann, wird geraten, einen Knopf zu halten, bis der Trauerzug vorbei ist.
* Donner nach einem Begräbnis ist ein gutes Zeichen – es bedeutet, dass die Seele des Verstorbenen den Himmel erreicht hat (woraufhin man die Leiche eigentlich wieder ausgraben könnte, um mehr Platz auf dem Friedhof zu schaffen).

Ich nähere mich dem Ende meines kleinen Leitfadens und werfe einen kurzen Blick auf die Zukunft dieser prächtigen Stadt – einer Stadt, auf die ich stolz bin und die so rasche Fortschritte macht, dass man sich fragt, wie man in ihr auf den Beinen bleiben kann. Nun, Miss Simplicity hat mich bereits darauf hingewiesen: Da überall Eisenbahnen durchs Land fahren, braucht eigentlich niemand auf den Beinen zu bleiben. Man setzt sich und kommt trotzdem voran, und zwar ziemlich schnell. So schnell, dass man High Wycombe in nur einem Tag erreicht. Früher musste man die Kutsche nehmen und riskierte, bei Loudwater von Straßenräubern überfallen zu werden. Bei der Eisenbahn gibt es keine Straßenräuber.

> »Der Wechsel der Zeit, Mister Dodger. Eine junge Königin auf dem Thron und eine neue Welt voller Möglichkeiten. Ihre Welt, wenn Sie beschließen, sie dazu zu machen.« – *Angela Burdett-Coutts zu Dodger*

❧ Mit Volldampf voraus ❧

Ein Wunder des viktorianischen Zeitalters war die Eisenbahn. Die ersten Passagierzüge verkehrten 1825 im Norden von England, und am Ende des Jahrhunderts hatte fast jede Stadt in Großbritannien einen Bahnhof. Dodger und Miss Simplicity fuhren mit einer von Pferden gezogenen Kutsche nach Südwestengland, aber 1841 gab es eine Eisenbahnlinie zwischen London und Bristol. Doch nicht alle hielten die Eisenbahn für sicher genug ...

DAS GROSSE FAHRKARTEN-WARTEN

»Eine lange Schlange nervöser, dicht hintereinander stehender Reisender wartet ... Ein Reisender, der rechtzeitig eintrifft, muss wachsam in einem trostlosen und zugigen Flur warten, bis es dem überheblichen jungen Herrn hinter dem Schalter beliebt, selbigen zu öffnen. Einem Reisenden, der etwas zu spät dran ist, bleibt nichts anderes übrig, als sich einem langen »Schweif« aus ungeduldigen und verärgerten Fahrkartenbewerbern hinzuzugesellen, wobei er damit rechnen darf, dass er seine Fahrkarte gerade rechtzeitig genug erhält, um den Zug zu verpassen.«

– *PUNCH* (1882)

EISENBAHN-BESTATTUNGEN

Bestatter: »Fahren Sie mit diesem Zug, Sir?«   *Passagier:* »Wer ... ich? Äh, ja.«
Bestatter: »Dann gestatten Sie mir, Ihnen meine Karte zu geben, Sir.«

In den Boden

Dodgers Welt unter den Straßen veränderte sich erheblich, als die U-Bahn-Tunnel gegraben wurden. 1863 fuhren die ersten Züge der Metropolitan Railway (auch Met genannt), und zahlreiche Londoner standen Schlange vor den Fahrkartenschaltern.

✳ An jedem Bahnhof entlang der Linie warteten zahlreiche hoffnungsvolle Passagiere. Gegen Mittag warteten bei Paddington genug Leute, um vier Züge zu füllen, und am Ende des Tages hatten fast 25 000 Personen das neue Reiseerlebnis genossen.

✳ In den Waggons gab es Gaslampen, damit sich die Passagiere während der Fahrt durch die Tunnel weniger beunruhigt fühlten – insbesondere Frauen, die fürchteten, gewisse Herren könnten die Situation ausnutzen.

✳ Man hatte den Passagieren versichert, dass weder Dampf noch Rauch in die Waggons eindringen werde, aber bei den ersten Fahrten bekamen es die Reisenden mit Dampfwolken zu tun, die alles andere als angenehm waren.

Erstaunlich, was Menschen alles erfanden: Apparate, die das Leben angenehmer machten, aber auch einige Dinge, denen der Durchbruch verwehrt blieb ...

Ein kaltes Bad am Morgen?

Stellen Sie sich vor, von läutenden Glocken geweckt und dann von einer automatischen Matratze in ein Bad mit kaltem Wasser gekippt zu werden! So sah es das Weckuhr-Bett des Schreiners Theophilus Carter vor, das er 1851 auf der Londoner Industrieausstellung vorstellte. Die Zuschauer vergnügten sich bei der Vorführung aufs Höchste (bis auf den Niemand, der sich in regelmäßigen Abständen ins Wasser werfen ließ).

HABEN SIE'S GEWUSST?

Carter war dafür bekannt, dass er mit einem Zylinderhut in der Tür seines Ladens stand. Man glaubt, dass Lewis Carrolls verrückter Hutmacher in *Alice hinter den Spiegeln* auf Theophilus Carter zurückgeht. Nach dem Erscheinen des Buchs wurde er in Oxford, wo sich sein Laden befand, nur noch »verrückter Hutmacher« genannt.

Zwei zum Preis von einem?

Nicht viel Platz in Ihrer Bude? Wie wär's mit einer Kombination aus Bett und Trittleiter?

KOMBINATION BETT UND TRITTLEITER

Wir haben viele clevere Erfindungen, die es ermöglichen, in einem kleinen Haus Platz einzusparen, und die originellste von ihnen ist zweifellos die Kombination von Bett und Trittleiter. Sie sollte sich als sehr nützlich erweisen, wenn der Benutzer des Betts einen leichten Schlaf und nichts gegen sofortiges Aufstehen hat, sobald die Trittleiter gebraucht wird. Von Nutzen wäre sie auch für große Familien mit Mangel an Stühlen ... Das Hinzufügen einer Stahlfeder, mit einer Weckuhr verbunden, verwandelt die Vorrichtung in ein exzellentes Bedienstetenbett. Um 6:30 morgens löst der Wecker die Feder aus, und das Bett verwandelt sich sogleich in eine Trittleiter. Dies fördert Pünktlichkeit und frühes Aufstehen bei Hausangestellten, Eigenschaften, die für sie ungemein wichtig sind.

— Auszug aus *The Great Round World and What Is Going on in It* (1897, etwa: Die große runde Welt und was auf ihr passiert), Abschnitt »Erfindungen und Entdeckungen«

Lieber einen Schlag auf den Kopf?

Ein Apparat aus dem Jahr 1882 ging anders an die Sache heran, wenn auch auf ähnlich unangenehme Weise. Eine Uhr wurde mit einem Rahmen über dem Kopf der Person im Bett verbunden, und zum vorgesehenen Zeitpunkt kam der Rahmen herab. Der Schlag sollte den Schlafenden wecken, aber leicht genug sein, um keine Schmerzen zu verursachen.

Die Gastgeberin mit dem verrauchtesten Salon

Rauchen war sehr populär – die Viktorianer hielten es für gesund und ahnten nichts von Lungenkrebs und anderen Erkrankungen. Jede Gastgeberin, die etwas auf sich hielt, sorgte in ihren Zimmern für reichlich Rauch, wobei sie unterschiedliche Tabaksorten verwendete. Aber wenn in ihrem Haus niemand rauchte ... Für den Fall gab es Zigarren rauchende Maschinen.

Multitasking für den Gentleman

Wenn ein Gentleman den rauchigen Mief des Salons verlassen und ein bisschen spazieren gehen wollte, stand ihm eine praktische Vorrichtung zur Verfügung.

Damit konnte jeder gut situierte Herr nicht nur spazieren gehen, sondern auch Flöte spielen, ein Pferd begutachten oder einen Schmetterling fangen, *selbst wenn es regnete*.

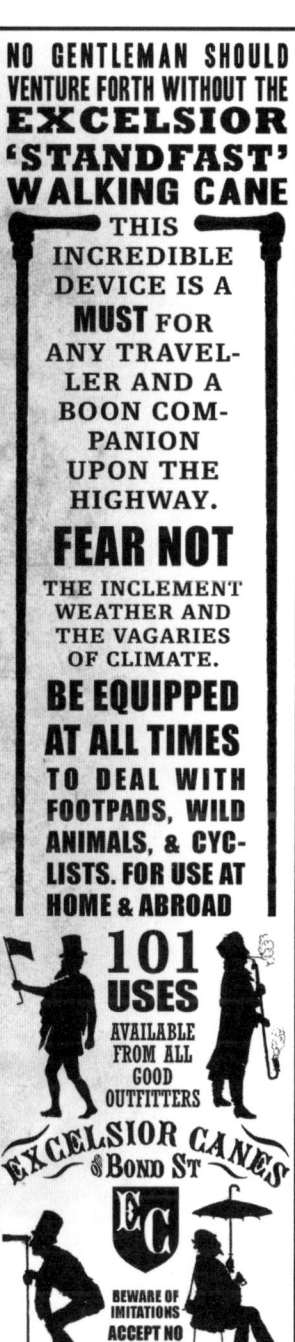

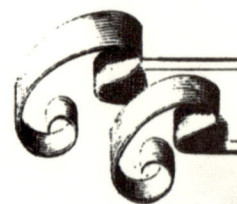

Hier schließe ich ab, indem ich Ihnen eine Reihe der brillantesten Vordenker meiner Zeit präsentiere. Ich hatte das Glück, einigen von ihnen in Miss Angelas Haus in Mayfair zu begegnen.

Sir George Cayley (1773–1857)

Cayley wird als der Mann bezeichnet, der das Fliegen entdeckte. Er beobachtete den Flug der Vögel und sah keinen Grund, warum nicht auch der Mensch dazu imstande sein sollte. Zu diesem Zweck konstruierte er einen funktionierenden Gleitsegler und danach einen kleinen Doppeldecker (der offenbar von einem zehnjährigen Piloten geflogen wurde), bevor er sich einem größeren Segler zuwandte.

Charles Babbage (1791–1871)

»Ein recht wortkarger Herr, der aussieht, als hätte er eine Guinee verloren und einen Viertelpenny gefunden.« – *Angela Burdett-Coutts*

Dodger konnte ebenso gut rechnen wie alle anderen, die in den Armenvierteln lebten – wo das Zusammenzählen von Zahlen weniger wichtig war als ein prüfender Biss in eine Münze, um festzustellen, ob sie wirklich aus Silber bestand. Doch Mister Babbage baute Apparate, mit deren Hilfe niemand mehr selbst addieren musste.

Sein erster Rechenapparat – den er nie fertigstellte – wurde »Differenzmaschine« genannt, wog 15 Tonnen und war fast zweieinhalb Meter hoch. Also nicht unbedingt ein Taschenrechner ...

HABEN SIE'S GEWUSST?

Während seiner Zeit an der Universität von Cambridge trat Babbage mehreren Klubs bei, darunter auch dem »Ghost Club« (Geisterklub), der nach Geistern suchte, und dem »Extractors Club« (Befreiungsklub), der aktiv werden sollte, wenn ein Klubmitglied ins Irrenhaus gesteckt wurde (vielleicht wegen Geisterjagd?).

Ada Lovelace (1815–1852)

Ada war die Tochter von Lord Byron. Ihre Mutter, die Mathematik studiert hatte, fasste den Entschluss, dass ihre Tochter ebenfalls die Wissenschaft kennenlernen sollte. Ada arbeitete mit Babbage an seinen analytischen Maschinen und zeigte der Welt, dass auch Frauen gute Wissenschaftlerinnen sein können.

HABEN SIE'S GEWUSST?

➤ Ada unterschrieb ihre Arbeiten mit A. A., damit niemand erfuhr, dass sie eine Frau war.

➤ Viele Jahre später gaben die Vereinigten Staaten einer Computersprache zu ihren Ehren den Namen »Ada«.

Isambard Kingdom Brunel (1806–1859)

Ein Erfinder und Ingenieur, der Großbritannien für viele Menschen veränderte. Aber nur wenige wissen, dass Brunel auch sehr geschickt bei Zauberkunststücken war – obwohl er bei einer Gelegenheit einen halben Sovereign verschluckte, während er mit seinen Tricks Kinder unterhielt. Rasch befestigte er ein Brett zwischen zwei Pfosten, schnallte sich fest und drehte sich, bis die Zentrifugalkraft die Münze aus ihm herausholte.

Wie mir Sol erklärte: Wenn Leute wie Miss Angela genug Geld in das richtige Projekt investieren, können solche Ideen Gestalt annehmen und dabei helfen, London in eine strahlende Zukunft zu führen, in der es gute Chancen für alle gibt – auch für Jungen aus bescheidenen Verhältnissen wie mich. Denn wo es eine Idee gibt, da gibt es auch ein Wagnis, und wo es Wagnisse gibt, muss es Platz für clevere Dodgers geben …

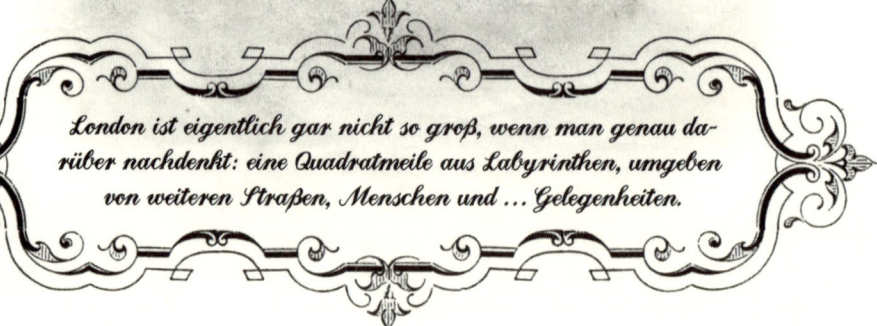

London ist eigentlich gar nicht so groß, wenn man genau darüber nachdenkt: eine Quadratmeile aus Labyrinthen, umgeben von weiteren Straßen, Menschen und ... Gelegenheiten.

*Wenn Ihnen meine Hinweise und Anmerkungen gefallen haben,
möchten Sie vielleicht einen Blick in folgende Bücher werfen,
die von anderen Schreibern stammen, unter ihnen von meinen alten
Freunden Charlie und Mister Mayhew …*

Thomas Beames, *The Rookeries of London* (1852)

Alfred Rosling Bennett, *London and Londoners in the Eighteen-Fifties and Sixties* (1920)*

Peter Cunningham, *Hand-Book of London* (1850)

Charles Dickens, *David Copperfield* (1850)

Charles Dickens, *Great Expectations* (1861)

Charles Dickens, *The Letters of Charles Dickens*, vol. V (1847–9)

Charles Dickens, *Sketches from Boz* (1836)

Charles Dickens Jr., *Dickens's Dictionary of London* (1879)

W. S. Gilbert, *London Characters and the Humorous Side of Life* (ca. 1870)

James Greenwood, *Mysteries of London* (1883)

James Greenwood, *The Seven Curses of London* (1869)

James Greenwood, *Toilers in London* (1883)

Daniel Joseph Kirwan, Palace and Hovel: *Phases of London Life* (1878)

A Lady, *Beauty: What It Is, and How to Retain It* (1873)

Henry Mayhew, *London Labour and the London Poor* (1851–61)

George R. Sims, *Living London* (1901)

Thomas Webster, *An Encyclopaedia of Domestic Economy* (1845)

Andrew Wynter, *Pictures of Town & Country Life, and other Papers* (1865)

Interessant sind auch diese Publikationen:

The *Era*

The *Morning Post*

Punch magazine

The Tomahawk

The *Saturday Review*

The Great Round World and What Is Going on in It

---

* Er zählt nicht direkt zu Dodgers Bekannten, aber der Autor fand dieses Buch sehr aufschlussreich.

LISTE DER ILLUSTRATIONEN, NACH SEITE

GELEGENTLICH HAT DER AUTOR AUF DIESE MODERNEREN INFORMATIONSQUELLEN ZURÜCKGEGRIFFEN:

www.victorianweb.org

www.victorianlondon.org

www.history.co.uk/explore-history/history-of-london

www.eastlondonhistory.com

http://blogs.smithsonianmag.com/history

http://eudocs.lib.byu.edu

http://journals.cambridge.org

http://londonbygaslight.wordpress.com/2011

http://louderthanwar.com/20-weird-facts-about-parliament

http://myweb.tiscali.co.uk/speel/london

http://vcp.e2bn.org/justice

www.howitworksdaily.com/history

www.aboutbritain.com/articles

www.avictorian.com

www.arthurlloyd.co.uk

www.cityoflondon.gov.uk

www.pedalinghistory.com

www.bbc.co.uk/history

www.bethlemheritage.org.uk

www.bog-standard.org

www.british-history.ac.uk

www.jubileecampaign.co.uk

www.listverse.com

www.londononline.co.uk/streetorigins

www.met.police.uk/history

www.oldbaileyonline.org

www.open.ac.uk/Arts/history-from-police-archives

www.portcities.org.uk/london

www.puppetonline.co.uk/punchandjudyhistory.html

www.rhymes.org.uk

www.royal.gov.uk

www.sewerhistory.org

www.stpauls.co.uk

www.timeout.com

www.tlucretius.net/Sophie/Castle/victorian_slang.html

www.victorianblogspot.co.uk

www.workhouses.org.uk